Mit Brunetti durchs Leben

Brevier für nachdenkliche Optimisten

Herausgegeben von
Gabriella Gamberini Zimmermann

Diogenes

Die Zitate aus den *Brunetti*-Romanen
von Donna Leon, Fall 1 bis 10 in der Übersetzung
von Monika Elwenspoek, Fall 11 bis 17 in der Übersetzung
von Christa E. Seibicke, Fall 18 bis 30 in der
Übersetzung von Werner Schmitz
Übersicht über die Reihenfolge der Romane
am Ende des Buchs
Covermotiv: Foto von Marc de Tollenaere,
›Caffè Florian, Oriental Room‹

Mit freundlicher Unterstützung des Caffè Florian

Originalausgabe

www.diogenes.ch
100/21/44/1
ISBN 978 3 257 07119 1

Vorwort

Wer würde nicht davon träumen, Brunetti im berühmten Caffè Florian zu begegnen?

Lassen wir diesen Traum wahr werden.

Das Hinterzimmer des Florian – ohne Blick auf den Markusplatz – ist mit seinen alten, goldgerahmten Spiegeln genau der richtige Ort für ein Gespräch über Gott und die Welt. (Brunetti kommt auch gerne hierher, wenn er fernab von der Questura Zeugen entspannt befragen möchte.)

An ebendiesem Ort lädt dieses Buch, liebe Leserin, lieber Leser, Sie ein, für einmal die Rollen zu tauschen. Nun sind Sie an der Reihe. Stellen Sie Brunetti alle Fragen, die Sie ihm schon immer stellen wollten. Er gibt Ihnen Antworten darauf, ebenso weise wie witzige. Diese sind aus den dreißig Fällen herauskristallisiert, die der Commissario bisher gelöst hat, und alphabetisch angeordnet: Brunettis Weisheit von A bis Z.

In seiner langen Laufbahn hat der Commissario so mancherlei erlebt: Drogendeals und Morde, Erwachsenenadoption und sterbende Bienen, Kunstraub und Blutdiamantenschmuggel. Und dennoch: Trotz all der Verbrechen versucht Brunetti unbeirrt, sich den Glauben an das Gute zu bewahren und ein gutes Leben zu führen. Als sorgfältiger Leser der Klassiker folgt der Commissario dem Beispiel seines Lieblingsphilosophen Marc Aurel und erweist sich als warmherziger Stoiker.

Nehmen Sie Platz auf den roten Samtsofas des Florian, um dem Kenner des menschlichen Herzens in aller Ruhe zu lauschen. Kosten Sie seine Erkenntnisse genüsslich aus, die Ihnen bei der Verbrecherjagd womöglich entgangen sind.

In seiner dreißigjährigen Dienstzeit ist der weltweit bekannteste Polizist nicht nur Paola treu geblieben, sondern auch seinen eigenen Werten und Idealen.

Bei einem Espresso gibt er Einblick in seine geheimsten Gedanken. Wir entdecken ihn als Italiener, Venezianer, Genießer und nicht zuletzt als Familienmensch. In originellen Stimmungsbildern fängt er seine Heimatstadt ein und erinnert sich an seine besten Gespräche mit Paola.

Die Idee zu diesem Buch kam mir, als ich Brunetti ins Französische zu übersetzen begann. Eine spannende Aufgabe, die mir neue Horizonte erschloss: Als Zugereiste sah ich Venedig mehr und mehr mit Brunettis Augen und vermochte hinter die Kulissen der Serenissima zu blicken. Das größte Geschenk aber waren seine unvergesslichen Aussprüche, die mich seitdem auf Schritt und Tritt begleiten, wenn ich in der schönsten Stadt der Welt unterwegs bin.

Dieses Buch ist ein Schatzkästlein. Es enthält Brunettis kostbarste Gedanken zum Hineinschnuppern. Es bietet dreißig Bücher in einem, wobei die zitierten Fälle jeweils mit Kapitel und Seite vermerkt sind. Es möchte eine Hommage sein an diesen vielbewunderten Mann und seine vielbewunderte Stadt.

Gabriella Gamberini Zimmermann

Absolute Liebe

Einmal war Paola bei einem Spaziergang stehen geblieben und hatte Brunetti gefragt, woran er gerade denke, und die Tatsache, dass sie der einzige Mensch auf der Welt war, dem gegenüber es ihm nicht peinlich war, es laut auszusprechen, überzeugte ihn, wie schon tausend andere Dinge zuvor, dass sie die Frau war, die er heiraten wollte, die er heiraten würde.

Venezianische Scharade 5/57–58

Absurdität des Krieges

Brunetti überlegte, ob sie eine Tertullian-Ausgabe im Haus hatten und er nachher im Bett ein wenig darin lesen sollte. Aber dann müsste er seine momentane Lektüre beiseitelegen, *La guerra bianca*, eine Geschichte des Dolomitenkriegs, in dem sein Großvater gekämpft hatte, was ihn gereut hätte. Dann doch lieber die gusseiserne Dummheit des Generals Cadorna, der elf aussichtslose Schlachten am Isonzo geschlagen hatte, der die Idee der alten Römer wiederaufgriff und jeden zehnten Mann eines Bataillons, das einem Kampf ausgewichen war, hatte hinrichten lassen, der General, der für nichts und wieder nichts eine halbe Million Männer in den Tod geführt hatte. Brunetti fragte sich, ob es Paola trösten würde, dass Cadornas Grausamkeit fast nur Männer zum Opfer gefallen waren, kaum Frauen. Wahrscheinlich nicht. *Tod zwischen den Zeilen* 5/63–64

Acqua alta

Einige Stunden später kündigten die Sirenen das erste *acqua alta* dieses Herbstes an, verschärft durch eine heftige Bora, die von Nordosten hereinwehte.

Ausgerüstet mit Schirm, Hut, Stiefeln und Regenmantel erschien ein missmutiger Brunetti in der Questura, wo er nach eigener Schätzung *una brutta figura* abgab, als er am Eingang stehen blieb und sich schüttelte wie ein Hund sein nasses Fell. Hinterher blickte er sich um und sah, dass das Wasser mindestens einen Meter weit in jede Richtung gespritzt hatte. Schweren Schrittes und ohne nach rechts oder links zu schauen, stieg er die Treppen zu seinem Büro hinauf.

Oben angekommen, klemmte er den Schirm hinter die Tür. Sollte er ruhig auf den Holzfußboden tropfen: Dort in der Ecke würde es niemand sehen. Den Regenmantel hängte er in den *armadio* und warf seinen durchgeweichten Hut auf die Ablage. Dann ließ er sich auf einen Stuhl fallen und zog die Stiefel aus. Als er endlich hinter seinem Schreibtisch saß, war er verschwitzt und seine Laune auf dem Nullpunkt.

Lasset die Kinder zu mir kommen 24/319–320

Affären

Viele der Anwesenden waren Brunetti bekannt, aber eher aus zweiter Hand. Auch wenn er ihnen nie vorgestellt worden war, kannte er doch ihre Skandale, ihre Geschichten und ihre Affären, rechtliche wie romantische. Teils hing das mit seinem Beruf als Polizist zusammen, hauptsächlich aber damit, dass sie eigentlich in einer Provinzstadt wohnten, in der Klatsch der wahre Kult war und in der die herrschende Gottheit, hätte es sich nicht wenigstens dem Namen nach um eine christliche Stadt gehandelt, sicher »Gerücht« geheißen hätte.

Venezianisches Finale 12/148

Alkohol

Der Arzt schüttelte den Kopf wie über einen unausgesprochenen Gedanken. Brunetti fragte: »Was ist?«

»Je mehr man sich mit dem menschlichen Körper beschäftigt, desto mehr hält man ihn für ein Wunder. Und wenn man Leute wie ihn untersucht, die jahrelang getrunken haben, vielleicht ihr ganzes Leben lang, und wenn man sieht, was das Trinken aus ihnen gemacht hat und dass sie trotz allem noch gelebt haben, dann weiß man, dass es wirklich ein Wunder ist.«

Ewige Jugend 18/208–209

Allein zu Hause

Chiara wollte etwas sagen, aber Paola hob die Hand und fuhr fort: »Und ich kann hier reinkommen und mir ein Glas Wein oder ein Glas Grappa holen oder mir Kaffee oder Tee machen oder einfach ein Glas Wasser trinken und muss mit niemandem reden und für niemanden etwas tun. Und dann kann ich wieder mein Buch nehmen, und wenn ich müde bin, gehe ich ins Bett und lese dort.«

»Und das möchtest du?«, fragte Chiara mit einer Mäuschenstimme.

»Ja, Chiara«, antwortete Paola, nun mit mehr Wärme. »Als Ausnahme, ab und zu einmal, möchte ich das.«

(…)

Chiaras Weltbild war soeben auf den Kopf gestellt worden, insofern die Planeten nicht länger um sie selbst als Mittelpunkt kreisten, sondern ihren eigenen Bahnen folgten. *Endlich mein* 24/247–248

Allmählicher Abschied

Signora Toso hätte ebenso gut dreißig wie fünfzig sein können. Ihr Gesicht war nur noch Haut und Knochen. Und dennoch ahnte man zwischen den Ruinen noch Spuren ihrer früheren Schönheit. Dunkelbraune Augen blickten aus tiefen Höhlen. (...) Brunetti wandte den Blick ab, dann sah er wieder hin. Abgemagert, runzlig, ausgezehrt von der Krankheit, der sie bald erliegen würde, sah sie viel älter aus als er, dabei war sie noch keine vierzig. Wie gern hätte er sie getröstet, ihren Schmerz gelindert über das, was sie zurücklassen musste.

Geheime Quellen 3/28–35

Alpha und Beta

Im Lauf der Jahre hatte Brunetti gelernt, dass die meisten beruflichen oder gesellschaftlichen Situationen viel Ähnlichkeit mit Wasser auf unebenem Untergrund hatten: Früher oder später glättete sich alles. Im Allgemeinen akzeptierten die Leute mit der Zeit, wer Alpha und wer Beta war. Manchmal half ein höherer Rang dabei nach, aber nicht immer. Letztlich hatte er wenig Zweifel, dass die Kommissarin Tenente Scarpa irgendwann in den Griff bekommen würde, aber genauso sicher war er sich auch, dass der Tenente einen Weg finden würde, ihr das heimzuzahlen. *Schöner Schein* 7/88

Alte Liebe

Hinter dem Ladentisch stand Brunettis ehemalige Klassenkameradin und erste *fidanzata,* Beatrice Rossi. Ihr Gesicht erstrahlte, als sie ihn erkannte, wie jedes Mal, wenn sie sich im Lauf der Jahre begegnet waren. »Na, wer kommt denn da?«, rief sie.

Beatrice lief ihm entgegen, und sie umarmten sich, zwei glücklich Verheiratete, die vor Jahren, vor Jahrzehnten, geglaubt hatten, dies könne ihr gemeinsames Schicksal sein. Er schaute sie an und sah hinter den Fältchen um Mund und Augen das reizende Mädchen, das sich am ersten Tag im *liceo* im Geschichtsunterricht neben ihn gesetzt hatte.

»Immer noch die Bösen jagen?«, stellte sie ihre Standardfrage.

»Immer noch Drogen verkaufen?«, lautete die seine.

Heimliche Versuchung 21/218

Unterwegs ließ Brunetti seine Erinnerung zurückschweifen in die Zeit vor mehr als zwei Jahrzehnten, als er mit Franca gegangen war. Ihm war bewusst, wie schön er es gefunden hatte, seine Arme wieder um diese erfreuliche Figur zu legen, die ihm einmal so vertraut gewesen war. Dabei fiel ihm ein langer Spaziergang ein, den sie in der Nacht des Redentore-Festes am Lido gemacht hatten. Da musste er siebzehn gewesen sein. Das Feuerwerk war längst beendet, da waren sie noch Hand in Hand am Strand spaziert, hatten auf das Morgengrauen gewartet und nicht gewollt, dass die Nacht zu Ende ging.

Aber die Nacht war zu Ende gegangen, wie so vieles andere zwischen ihnen, und nun hatte sie ihren Mario und er seine Paola. *Feine Freunde* 17/199

Alter

Der Priester machte ein paar Stufen vor dem Treppenabsatz halt, atmete zweimal tief durch und grüßte lächelnd, als er sah, dass man ihn beobachtete. (…) Er war nicht nur dünn, sondern regelrecht ausgezehrt, und seine Backenknochen sprangen so stark vor, dass die hohlen Wangen darunter zwei straff gespannte, dunkle Dreiecke bildeten. Antonins Hand am Geländer griff ein Stück weit vor, und mit gesenktem Kopf, die Füße fest im Blick, erklomm er die letzten Stufen. Brunetti blieb nicht verborgen, wie er sich bei jedem Schritt am Handlauf emporzog. Oben angekommen, rang der Priester abermals nach Luft, bevor er Brunetti die Hand entgegenstreckte. Der war erleichtert, dass Antonin keine Anstalten machte, ihn zu umarmen oder ihm gar den Friedenskuss zu entbieten.

»Ich kann mich«, sagte der Priester, »offenbar nicht mehr an Treppen gewöhnen (…)«

Als Antonin sich immer noch nicht rührte, begriff Brunetti, dass der Kommentar über die Treppen dem Priester als Vorwand gedient hatte, um Atem zu schöpfen.

»Wie lange warst du eigentlich fort?«, fragte Brunetti, um ihm eine längere Verschnaufpause zu gönnen.

Das Mädchen seiner Träume 3/27–28

Der Andere

Brunetti sah ihren Blick ganz verträumt werden, wie immer, wenn sie von Henry James sprach. Hatte es einen Sinn, eifersüchtig zu sein?, überlegte er. Eifersüchtig auf einen Mann, der sich nach allem, was Paola über ihn erzählt hatte, offenbar nicht nur nicht entscheiden konnte, welcher Nationalität er war, sondern sogar welchen Geschlechts?

Das ging nun seit zwanzig Jahren so. Der Meister hatte sie auf ihrer Hochzeitsreise begleitet, war im Krankenhaus bei der Geburt beider Kinder dabei gewesen und schien sich in jedem Urlaub an sie zu hängen. Hartnäckig, phlegmatisch und von einem Erzählstil besessen, der für Brunetti undurchschaubar war, sooft er ihn auf Englisch oder Italienisch zu lesen versucht hatte, schien Henry James demnach der andere Mann in Paolas Leben zu sein. *Acqua alta* 6/82

Die Andere

Da lag er nun in den Armen seiner Frau und dachte an eine andere, aber weil er sich sagen konnte, dass es ihm nur um deren Sicherheit zu tun war, unternahm er keinen Versuch, den Gedanken zu verdrängen.

Das Gesetz der Lagune 17/187

»Aber«, holte Paola ihn auf die Erde zurück, »wenn Signorina Elettra in Gefahr gerät?«

(…)

Brunetti wusste nicht, wie seine Frau es aufnehmen würde, wenn er ihr seine Empfindungen für eine andere erklärte, also versuchte er sich erst gar nicht zu verteidigen.

»Es wäre furchtbar, wenn ihr etwas passierte«, sagte Paola.

Brunetti verschwieg ihr lieber, dass es ihm das Herz brechen würde, und griff nach seinem Calvados.

Das Gesetz der Lagune 7/76

Ansichtssache

Brunetti war mit einer Doppelsichtigkeit gesegnet – oder geschlagen –, die ihn zwang, in jeder Situation mindestens zwei Standpunkte zu sehen, und darum wusste er, wie absurd sein Verdacht jedem erscheinen musste, der ihn nicht teilte. *Feine Freunde* 9/96

»Was werden Sie jetzt tun?«, fragte Signorina Elettra.

Brunetti wandte sich schulterzuckend ab und schaute aus dem Fenster. Es ging wie das in seinem Büro auf den Kanal hinaus, war aber am anderen Ende des Gebäudes, auf einem anderen Stock. Und das änderte alles: Er sah dasselbe, aber von hier aus wirkte es vollkommen anders. Kreon hatte Antigone erklärt, Befehl sei Befehl und müsse befolgt werden, ganz gleich ob groß oder klein, recht oder unrecht.

»Ich weiß es nicht«, antwortete er.

Heimliche Versuchung 23/245–246

Anwälte

Italien ist ein Land, in dem man viele Gesetze an einem Tag erlässt, nur um sie am nächsten wieder aufzuheben.

Und es ist auch nicht weiter verwunderlich, dass in einem Land, in dem selbst der simpelste Zeitungsartikel oft nicht zu verstehen ist, manchmal beträchtliche Unsicherheit hinsichtlich der genauen Bedeutung eines Gesetzes besteht.

Die sich daraus ergebenden, vielfachen Auslegungsmöglichkeiten schaffen ein äußerst günstiges Klima für Anwälte, die für sich in Anspruch nehmen, die Gesetze zu verstehen. Zu diesen also gehörte Avvocato Carlo Trevisan.

Weil er ebenso fleißig wie ehrgeizig war, ging es Avvocato Trevisan ausgezeichnet. Da er sich vorteilhaft verheiratete, nämlich mit der Tochter eines Bankers, konnte er mit vielen der erfolgreichsten und mächtigsten Industriellen und Banker des Veneto verwandtschaftlichen und freundschaftlichen Umgang pflegen. Seine Praxis wuchs in gleichem Maße wie seine Taille, und bis zu dem Jahr, in dem er fünfzig wurde, beschäftigte Avvocato Trevisan in seiner Kanzlei sieben angestellte Anwälte, von denen keiner ein Teilhaber war.

Vendetta 3/15–16

Appetit

Paola verdrehte die Augen und klagte der Lampenfassung an der Decke ihr Leid: »Wie konnte das nur passieren? Ich habe einen Mann geheiratet, und nun lebe ich mit einem wandelnden Magen an meiner Seite.«

Blutige Steine 10/131

Da er seine Uhr nicht trug, fragte er: »Wie spät ist es?«

»Halb neun.«

»Heißt das, das Essen ist fertig?«

Paola vergrub ihr Gesicht in den Händen. »Dass du immer nur an das eine denken kannst, Guido.«

»Das wäre?«, fragte er mit Unschuldsmiene.

Sie schüttelte lachend den Kopf. »Ich kenne keinen, dem Essen so wichtig ist wie dir.«

Geheime Quellen 14/163

Armut

Brunetti ließ sich vorsichtig nieder und sah sich um. Überall waren die Zeichen bitterster Armut zu erkennen: an dem Betonspülstein mit nur einem Wasserhahn, am Fehlen von Kühlschrank oder Herd und den Schimmelflecken an den Wänden. Er roch die Armut mehr, als dass er sie sah, roch sie in der abgestandenen Luft, dem Gestank nach Fäulnis, der fast allen Erdgeschosswohnungen in Venedig anhaftete, dem Geruch nach Salami und Käse, die offen und ohne Kühlung aufbewahrt wurden, und in dem säuerlichen Dunst, der aus den Decken und Schals im Sessel der alten Frau zu ihm herüberdriftete. *Venezianisches Finale* 14/191

Arroganz

Brunetti erinnerte sich an den lateinischen Spruch, der auf einer Karte aus dem sechzehnten Jahrhundert die Grenze abendländischer Forschung in Afrika versinnbildlichte: *Hic scientia finit* – Hier endet die Erkenntnis. Wie arrogant wir doch waren, dachte Brunetti, und immer noch sind. *Blutige Steine* 10/119–120

Auge um Auge

»Ich habe in letzter Zeit oft über die Bibel nachgedacht«, sagte Paola, sehr zu Brunettis Verwunderung, denn er kannte sie als den areligiösesten Menschen überhaupt.

»Die Sache mit dem Auge um Auge«, fuhr sie fort. Er nickte, und sie sprach weiter: »Früher habe ich das als das Schlimmste angesehen, was dieser furchterregende Gott zu sagen hat, diesen Ruf nach Vergeltung, diesen Blutdurst. (…) Aber in letzter Zeit ist mir der Gedanke gekommen, dass er vielleicht das genaue Gegenteil von uns verlangt.«

»Das verstehe ich nicht«, sagte er.

»Dass da gar nicht ein Auge und ein Zahn gefordert wird, sondern nur eine Grenze gezeigt werden soll; das heißt, wenn wir ein Auge verlieren, dürfen wir nicht mehr als ein Auge dafür verlangen, und wenn wir einen Zahn verlieren, können wir dafür nur einen Zahn bekommen, nicht etwa eine Hand oder« – hier hielt sie wieder inne – »ein Herz.« *Nobiltà* 27/300–301

Augiasstall

Brunetti war deutlich irritiert.

Brusca hüllte sich längere Zeit in Schweigen, bevor er sagte: »Ich dachte, du hast vielleicht eine Idee, was man unternehmen könnte. Und ich hatte gehofft, du reagierst mit Empörung.«

»Das wäre zu viel gesagt«, sagte Brunetti.

»Na schön, na schön, also keine Empörung. Dann eben Hoffnung. Vielleicht ist es das, was ich an dir bewundere: dass du immer noch hoffen kannst, alles könnte sich zum Guten wenden und der Augiasstall ausgemistet werden.« *Auf Treu und Glauben* 4/39

Paola nahm die Tassen und stand auf. »Zeit, dass du deinen Besen nimmst und in den Augiasstall zurückgehst.« *Schöner Schein* 6/85

Aussterbender Adel

Brunetti wusste, dass die Lorenzonis ihren Stammbaum bis in die graue Vorzeit zurückverfolgen konnten, wo Geschichte und Mythos miteinander verschmolzen. Wie mochte es sein, das Ende dieser Linie abzusehen? Wenn er sich recht erinnerte, hatte Antigone gesagt, das Schrecklichste am Tod ihres Bruders sei, dass ihre Eltern keine Kinder mehr bekommen könnten und die Familie mit den Leichen, die vor Thebens Mauern verwesten, aussterben werde. *Nobiltà* 18/196

Es wäre übertrieben, sagen zu wollen, dass Brunetti Paolas Eltern, den Conte und die Contessa Falier, nicht mochte, aber ebenso übertrieben zu sagen, dass er sie mochte. Sie waren für ihn ebenso rätselhaft wie ein Kranichpaar für jemanden, der gewohnt ist, den Tauben im Park Brotkrümel zu streuen. Sie gehörten zu einer seltenen und eleganten Spezies, und Brunetti hegte, nachdem er sie fast zwei Jahrzehnte kannte, zugegebenermaßen gemischte Gefühle über die Unvermeidbarkeit ihres Aussterbens. *Venezianisches Finale* 10/119–120

Ausverkauf

Manchmal hatte Brunetti das Gefühl, Venedig werde zu einer Hure gemacht, die sich zwischen verschiedenen Freiern zu entscheiden hatte: Zuerst bekam die Stadt als Blickfang einen phönizischen Glasohrring verpasst, tausendfach als Poster reproduziert, das nur allzu rasch durch ein Tizian-Porträt ersetzt wurde, dieses wurde wiederum von Andy Warhol vertrieben, den dann schnell ein silberner keltischer Hirsch ersetzte. Die Museen beklebten jede freie Fläche in der Stadt und buhlten mit allen Mitteln um die Aufmerksamkeit und die Eintrittsgelder der durchreisenden Touristen. Was kam wohl als Nächstes? Leonardo-T-Shirts? Nein, die gab es bereits in Florenz. Er hatte jedenfalls schon so viele Ausstellungsplakate gesehen, dass es ihm für ein ganzes Leben in der Hölle reichte. *Acqua alta* 5/64

Auszeit vom Planeten

In einer Mischung aus Zorn und Verzweiflung, den einzigen aufrichtigen Gefühlen, die den Bürgern noch geblieben waren, schob er die Decke zurück und stieg aus dem Bett. Er blieb lange unter der Dusche und genoss den Luxus, sich dort zu rasieren, ohne sich Gedanken über die Wasser- und Energieverschwendung zu machen, oder auch darüber, dass er einen Wegwerfrasierer benutzte. Er hatte es satt, ständig an den Planeten zu denken: Sollte der sich zur Abwechslung mal selbst um sich kümmern. *Tierische Profite* 18 / 157

Basabanchi

»Das muss ja eine Horde von *basabanchi* sein, wenn Sie mich fragen.«

Mit diesem urvenezianischen Ausdruck, der sich über Leute lustig machte, die in der Kirche so tief gebeugt niederknieten, dass sie das Gestühl küssen konnten, stellte Vianello wieder einmal die Findigkeit ihres gemeinsamen Dialekts sowie seinen eigenen gesunden Menschenverstand unter Beweis.

Venezianische Scharade 11/125

Baumeister der Serenissima

Als Brunetti die Riva degli Schiavoni hinaufging, kam von fern die von Sansovino gebaute Bibliothek in Sicht, und wie immer erfreute ihre architektonische Ungebärdigkeit sein Herz. Die großen Baumeister der Serenissima hatten nur Menschenkraft zur Verfügung gehabt: Flöße, Seile und Flaschenzüge; und doch hatten sie ein Wunder wie dieses zu erschaffen vermocht. Er dachte an so manches scheußliche Bauwerk, mit dem die heutigen Venezianer ihre Stadt verschandelt hatten: das Hotel Bauer Grünwald, die Banca Cattolica, den Bahnhof – und beklagte nicht zum ersten Mal die Folgekosten menschlicher Habgier. *Sanft entschlafen* 17/248

Begehren

Seine Frau, mit der er seit über zwanzig Jahren glücklich verheiratet war, hatte ihn mit einem Ansturm amourösen Verlangens überrascht, der ihn so erregte, dass diese zwei Jahrzehnte wie ausgelöscht waren.

Lasset die Kinder zu mir kommen 3/25

Berufskrankheit

Bei Biancat blieb Brunetti stehen, um die Blumen im Schaufenster zu betrachten. Signor Biancat erkannte ihn durch die riesige Glasscheibe, lächelte und nickte, woraufhin Brunetti hineinging und zehn blaue Iris verlangte. Während Biancat sie einwickelte, erzählte er von Thailand, wo er gerade eine Woche zu einer Konferenz von Orchideenzüchtern gewesen war. Merkwürdig, mit so etwas eine Woche zuzubringen, fand Brunetti, aber dann überlegte er, dass er schon in Dallas und Los Angeles gewesen war, um an Polizeiseminaren teilzunehmen. Wie konnte er darüber urteilen, ob es merkwürdiger war, eine Woche über Orchideen zu reden als über die Häufigkeit von Sodomie bei Serienmördern oder die verschiedenen Gegenstände, die bei Vergewaltigungen benutzt wurden? *Endstation Venedig* 9/134–135

Beschönigungen

Brunetti dachte darüber ein Weilchen nach und dachte auch über die Angewohnheit der Banker nach, das Wort »Geld« zu vermeiden, dachte an die breite Palette von Wörtern, die sie erfunden hatten, um diesen schnöden Ausdruck zu umgehen: Vermögen, Finanzen, Investitionen, Liquidität, Guthaben, Kapital. Gewöhnlich waren Euphemismen krasseren Dingen vorbehalten: dem Tod und den Körperfunktionen.

Venezianische Scharade 17/201–202

In anderen Kulturen hätte man Giuliano Marcolini vielleicht einfach als dick bezeichnet. Den Italienern hingegen, deren Sprache so reich an Beschönigungen ist, galt ein Mann wie er als *»robusto«*.

Lasset die Kinder zu mir kommen 21/281

Beschützerinstinkt

Eine alte Frau brauchte seine Hilfe, und er leistete sie ebenso selbstverständlich, wie er sie auffangen würde, sollte sie die Treppe hinunterfallen. Er hatte seine Mutter mit demselben Beschützerinstinkt stark und unverbrüchlich geliebt wie seine Frau und seine Kinder: Im Grunde hatte er gar keine Wahl.

Dass er die Contessa in diesem Moment nach der Flasche greifen sah, versetzte seiner Entschlossenheit einen Dämpfer. *Ewige Jugend* 4/52

Bestes Stück

Brunetti musste an etwas denken, worauf Paola ihn einmal aufmerksam gemacht hatte, kurz nachdem sie sich kennengelernt hatten, etwas, was ihm vorher nie aufgefallen war, nämlich dass italienische Männer ständig ihre Genitalien berührten, befummelten, ja schon beinah liebkosten. Er wusste noch, dass er ungläubig und höhnisch gelacht hatte, als sie das sagte, aber vom nächsten Tag an hatte er darauf geachtet, und binnen einer Woche war ihm klar, wie recht sie hatte. Nach einer weiteren Woche begann es ihn zu faszinieren, und er war überwältigt davon, wie oft Männer auf der Straße mit der Hand suchend an diese Stelle fuhren, wie um sich zu vergewissern, dass ihre Geschlechtsteile noch da waren.

Venezianische Scharade 5/57

Beutezüge

Brunetti nahm das Buch aus dem Regal, ging ins Wohnzimmer und begann zu lesen. Als Paola eine halbe Stunde später nach Hause kam, war er erst wenige Seiten weit gekommen und bei Poseidons Worten stehengeblieben: »Töricht, wer Städte und Tempel in Trümmer stürzt und Gräber verwüstet, die der Toten heilige Stätten sind, wo er doch selbst vergänglich ist.«

Wie viele kluge Menschen waren über die Jahrtausende hinweg nicht müde geworden, diese Mahnung zu wiederholen – und dennoch schicken wir nach wie vor behelmte Männer in den Krieg, auf der Suche nach Vergeltung. Und Beute. *Ein Sohn ist uns gegeben* 11/112–113

Raubzüge und kriegerische Auseinandersetzungen treffen Unschuldige. Männer ziehen los und spielen die Helden; Frauen werden zu Witwen oder vergewaltigt, sehen vor ihren Augen die eigenen Kinder sterben, werden nach Lust und Laune ermordet und beseitigt. Männer ziehen um des Ruhms willen in die Schlacht; Frauen bleiben zu Hause und warten. Wir lesen das seit zweieinhalbtausend Jahren, dachte Brunetti, und immer noch stürzen wir uns mit Jubelgeschrei in den Krieg.

Ein Sohn ist uns gegeben 16/173

Beweggründe

»Menschen zu verstehen ist wichtiger, als ihnen zu verzeihen.«

Offenbar hatte Paola soeben entdeckt, warum Sigmund Freud Christus ersetzt hatte, dachte Brunetti.

Tod zwischen den Zeilen 11/133–134

Bienen

Ein leises Summen und Schwirren. Bienen, überall um ihn her. Brunetti erstarrte vor Angst.

Casati zog einen langen Holzspan aus seiner Hosentasche und zündete ihn mit einem Feuerzeug an. Von dem Span stieg eine dünne Rauchsäule auf. Casati schwenkte ihn gleich einem Zauberstab, worauf die Bienen wie in Trance langsamer wurden. »Komm«, forderte er Brunetti auf. »Die tun dir nichts. Du kannst mir helfen.« So nahe bei den Stöcken ging seine Stimme in dem Gesumm fast unter.

Überzeugt, dass der andere wusste, was er tat, folgte Brunetti ihm nach. (…) Unermüdlich wuselten die Bienen durcheinander, umsorgten die Königin und machten ihr die Aufwartung. Das Ganze wirkte chaotisch, doch bei näherer Betrachtung waren alle Bewegungen genau aufeinander abgestimmt. (…) Dazu hörte Brunetti jenes Brausen, das jetzt, obwohl noch lauter als zuvor, nicht mehr bedrohlich wirkte. (…) Das laute Summen entwickelte seinen eigenen Zauber. Unwillkürlich musste er an Aristoteles denken, der irgendwo von einem Erlebnis sprach, das ihm einen Blick ins »himmlische Sein« gewährt habe. Brunetti hatte das nie wirklich verstanden. Bis jetzt. *Stille Wasser* 7/84–85

Big Brother

Dass ihre Korrespondenz und Telefonate dienstlich überwacht wurden, war nichts Neues: Brunetti glaubte schon lange, dass sowieso jeder von irgendwem abgehört wurde. Wenn allerdings so viele Leute spionierten, statt zu arbeiten, erklärte dies vielleicht, warum es heutzutage so schwierig geworden war, etwas zum Abschluss zu bringen. Auch er hatte immer den heimlichen Lauscher im Hinterkopf, wenn er telefonierte, und den heimlichen Leser, wenn er eine Mail abschickte. Kein Wunder, dass man nichts mehr erledigt bekam, wenn man ständig neugierige Augen und Ohren berücksichtigen musste. *Ewige Jugend* 2/31

Blick aus dem Fenster

Nachdem er aufgelegt hatte, ging Brunetti zum Fenster und redete sich ein, lediglich nachzuschauen, ob der Frühling Fortschritte gemacht hatte. Er sah in Richtung der Ranken, die über die Gartenmauer auf der anderen Seite des Kanals hinabhingen, aber er hätte die Knospen und Triebe nicht einmal dann wahrgenommen, wenn sie sich in einer Reihe aufgestellt und Cancan getanzt hätten. *Tod zwischen den Zeilen* 15/194–195

Blutgeruch

Nicht einmal die vom jahrelangen Rauchen gesättigte Luft, die in der Küche die weiße Kühlschranktür und alle Kacheln verfärbt hatte, vermochte den unverkennbaren Eisengeruch und den Verwesungsgestank zu übertünchen, der Brunetti allmählich in die Kleidung kroch. *Ewige Jugend* 18/204

Boote

Boote standen für Leichtsinn und Freiheit der Jugend oder für die endlosen, manchmal unausgefüllten Stunden des Alters. Die meisten Männer hatten mit Familie und Arbeit mehr als genug zu tun. Ein Boot war eine Freundin und keine Ehefrau.

Heimliche Versuchung 17/165

Brunetti töten

Brunetti trat an das Fenster, das nach hinten hinausging und Aussicht auf Marghera und Mestre bot, ein Anblick, auf den er gerne verzichtet hätte. Die Lagune war von hier oben nicht zu sehen, nur die Fabrikschornsteine von Marghera, die ihr Lebenswerk vollbrachten und ihn töteten. Seit einigen Jahren dachte Brunetti dies von fast allen Industriezweigen: Ihnen ging es nicht darum, Erdöl zu raffinieren, Chemikalien, Gipskarton oder Schmuck herzustellen oder, was die Fabriken im Landesinneren betraf, jedes erdenkliche Produkt. Nein, der Großindustrie ging es einzig und allein darum, Guido Brunetti und seine Familie ums Leben zu bringen.

Ewige Jugend 16/185–186

Bürgermeister von Venedig

»Signorina Elettra sollte Bürgermeisterin werden«, sagte Vianello und verbesserte sich sogleich: »Nein, da wäre sie fehl am Platz. Dieses Amt könnte auch ein Schimpanse bekleiden.« *Stille Wasser* 18/198

Burano

Brunetti betrachtete die Häuser. Die Farben waren billig und grell, buhlten um Aufmerksamkeit und taten seinen Augen weh. Kein Mensch käme auf die Idee, Kleider in diesen Farben zu tragen. Höchstens Kinder. Oder Geisteskranke. Ein Rot, das ihn an die vergifteten Bonbons erinnerte, die man Kindern im viktorianischen London verkauft hatte; ein Grün wie irische Wiesen; ein Blau, das der Himmel niemals zu tragen wagen würde. Aber wenn er es sich recht überlegte, konnten Fischer, die den ganzen Tag auf See nichts als Blau oder Grau in allen Abstufungen und den Himmel immer nur mit oder ohne Wolken zu sehen bekamen, eigentlich nur froh sein, zu Hause andere Farben um sich zu haben, selbst so übertrieben bunte. *Stille Wasser* 18 / 197

Caffè

Nähere Ausführungen blieben ihm erspart, da in diesem Moment der Barmann seinen Cappuccino brachte. Wie erwartet, hatte man den Milchschaum mit so gekonntem Schwung zugegeben, dass er an der Oberfläche ein Herz bildete. Brunetti riss ein Tütchen Zucker auf, gab ihn in die Tasse, rührte um und brach dem Kaffee das Herz.

Wie durch ein dunkles Glas 10/129

»Darf ich Sie zu einem Kaffee einladen?«, fragte Brunetti so laut, dass der Barmann es hören musste.

»Und mir das Leben retten«, antwortete sie lächelnd und stellte ihre Arzttasche auf den Boden. »In der letzten Stunde ist es am schlimmsten. Da kommt normalerweise niemand mehr, und meine Gedanken kreisen nur noch um den Kaffee. So ähnlich dürfte es einem in der Wüste ergehen: Er kann an nichts anderes mehr denken als an diesen ersten, lebensrettenden Schluck.«

Lasset die Kinder zu mir kommen 5/51

Caigo

Caigo hing in der Luft, jener typisch venezianische feuchte Nebeldunst, der die Lungen füllt, die Sicht trübt und das Pflaster mit einem zähen, schlüpfrigen Film überzieht. Auf dem Weg zum Rialto erfreute Brunetti die Vorstellung, durch eine verlassene Stadt zu gehen, die im Nebel zu versinken schien. Einmal blieb er stehen und horchte, aber nirgendwo waren Schritte zu hören. Er ging weiter, Richtung Campo Sant' Aponal, näherte sich dem Schauplatz von Gewalt, Schmerz und Leid, doch noch empfand er keine Trauer, nur eine tiefe Ruhe: Er fühlte sich in frühere Zeiten versetzt, als Venedig ein verschlafenes Provinznest gewesen war, in dem nur wenig passierte und die Gassen oft menschenleer dalagen. *Heimliche Versuchung* 6/59

Calatrava-Brücke

Brunetti hatte seine Sonnenbrille vergessen und spähte, eine Hand schützend über den Augen, wie ein Kapitän in einem Seefahrerroman in die Ferne. Und erblickte kein Tropenatoll mit unberührten Stränden und auch nicht die stürmischen Gewässer am Kap der Guten Hoffnung, sondern die Calatrava-Brücke, die in ihrem eingerüsteten Bauzustand wie in Windeln gewickelt erschien und über deren Geländer sich kurzärmelige Touristen beugten, um ein Foto von der Polizeibarkasse zu machen. Er winkte lächelnd zu ihnen hoch.

Keiner der drei Männer sagte etwas, während sie unter der Brücke durchfuhren, und sie schwiegen auch, als sie unter der nächsten und unter allen weiteren Brücken hindurch und an der Basilika und an San Giorgio zu ihrer Rechten vorbeifuhren. Wie fühlte es sich an, versuchte Brunetti sich vorzustellen, wenn man das alles zum ersten Mal erblickte? Mit jungfräulichen Augen?

Tierische Profite 20/181

Champagner

»Soll ich die letzte Flasche aufmachen?«, fragte er.

Paola ließ die Hände sinken und sagte lächelnd: »Oh, was für eine gute Idee.« Sie trat zu ihm und gab ihm einen Kuss aufs Haar. »War die Party nicht wunderbar?«

»Hier allein mit dir ist besser«, antwortete Brunetti.

Beide schwiegen. Kirchenglocken begannen zu läuten und machten seine Zufriedenheit vollkommen. Er stand auf und ging den Champagner holen.

Ein Sohn ist uns gegeben 4/46

Computer

Brunetti ging nach unten in Signorina Elettras winziges Büro. Sie saß am Computer, beide Hände reglos über der Tastatur – wie eine Pianistin, die sich zum letzten Satz einer Sonate bereitmacht. Ihr Innehalten, bevor sie in die Tasten griff, zog sich in die Länge. Offenbar war sie in einen Text auf dem Bildschirm vertieft. Als sie sich dann doch zu Brunetti umdrehte, schien sie ihn nicht zu erkennen. Endlich ließ sie die Hände sinken, lehnte sich zurück und verschränkte die Arme vor der Brust. *Ewige Jugend 2/29*

Connections

»Kennen Sie dort irgendwen?«, fragte er Vianello in diesem jahrhundertealten venezianischen Kurzcode: Freunde, Verwandte, alte Klassenkameraden, eben irgendwen, der einem vielleicht eine Gefälligkeit schuldete. *Das Gesetz der Lagune* 21/250

Dachterrasse

Nach dem Essen nahm Brunetti, um bei dem durch den Kuchen eingeführten Apfelmotiv zu bleiben, eine Flasche Calvados und ging damit auf die Terrasse. Dort stellte er die Flasche hin, dann ging er zurück in die Küche, um zwei Gläser und – wie er hoffte – seine Frau zu holen. *Das Gesetz der Lagune* 21/243

Dehnbare Moralbegriffe

Brunetti, dessen Großeltern in seinen ersten zehn Lebensjahren bei der Familie gelebt hatten, war sich nur zu bewusst, wie es früher zugegangen war. Pucetti hingegen war mit Computern aufgewachsen, in einer Welt mit sehr dehnbaren Moralbegriffen, weshalb die Vorstellung, dass man eine Frau meiden könnte, weil sie ein uneheliches Kind hatte, ihm ebenso bizarr erschien wie die, dass Menschen bereit sein könnten, eher für ein gedankliches als für ein materielles Gut zu sterben.

Das goldene Ei 11/115

Deus ex machina

»Können Sie sich vorstellen, was die suchen?«

Signorina Elettra hob das Kinn, als wollte sie die Decke befragen. Oder die Sterne. Allein ihr Mund verriet, dass sie nicht ins Koma gefallen war. Entrückt spitzte sie die Lippen, als wolle sie aus einem Bergsee trinken, verzerrte diese zu einer Grimasse gelinder Verzweiflung und entspannte sich wieder.

Unversehens gab die höhere Macht sie frei. Signorina Elettra sah Brunetti an und sagte: »Giorgio wird es herausfinden.«

Giorgio, dachte Brunetti, der *deus ex machina* aus dem Cyberspace. *Ewige Jugend* 6/78–79

Dolomiten

Brunetti ging in das langgestreckte Wohnzimmer und von dort auf die Dachterrasse hinaus. Er liebte sie zu dieser Tageszeit besonders, weil man den Sonnenuntergang beobachten konnte. An sehr klaren Tagen sah man vom kleinen Fenster in der Küche aus die Dolomiten, aber jetzt war es dafür zu spät, um diese Stunde lagen sie schon im Dunst verborgen.

Endstation Venedig 12 / 180–181

Drogen

»Schlimmer Tag?«, fragte Paola.

Brunetti lehnte sich seufzend zurück und legte die rechte Hand auf ihre Fesseln. »Überdosis. Er war erst zwanzig. Architekturstudent. (…)«

Eine ganze Weile sprachen sie beide nicht, dann meinte Paola: »Wir können von Glück sagen, dass wir so früh geboren sind.« *Feine Freunde* 14/161

Düfte

Für Brunetti brachte der Frühling die vertrauten Düfte: der Flieder im Hof drüben bei Madonna dell'Orto; die Maiglöckchensträuße, die der alte Mann aus Mazzorbo jedes Jahr auf den Stufen der Jesuitenkirche verkaufte, und das schon seit so vielen Jahren, dass niemand ihm das Recht dazu abzusprechen wagte; und der frische Schweißgeruch sauberer Leiber, die sich auf den jetzt überfüllten Vaporetti drängten, eine willkommene Abwechslung nach den winterlichen Ausdünstungen allzu oft getragener Mäntel und Jacken und allzu lange nicht gewaschener Pullover.

Wenn das Leben einen Geruch hatte, war der im Frühling zu entdecken. Es gab Zeiten, da hätte Brunetti am liebsten ein Stück aus der Luft gebissen, um ihren Geschmack zu erkunden, so unmöglich das auch sein mochte. Für einen *spritz* war es noch zu früh, aber die Lust auf Punsch war ihm mit dem letzten kalten Tag vergangen. *Tod zwischen den Zeilen* 7/83–84

Dunkelmänner

Giorgio. Giorgio: der Mann von der Telecom, aber keiner von denen, die einem zu Hause das Telefon installierten. Giorgio, der keinen Nachnamen hatte, keine Vorgeschichte, keine Eigenschaften außer dem sklavischen Bedürfnis, Signorina Elettra allzeit zu Willen zu sein, und der Fähigkeit, jedes beliebige Telefonat zurückverfolgen zu können – unabhängig davon, wer von wo wohin telefoniert hatte. Zündete man für Giorgio eine Kerze an? Schickte man ihm zu Weihnachten eine Kiste Champagner? Brunetti wollte das gar nicht so genau wissen, ihm war nur wichtig, dass er weiter an die Existenz dieses Giorgio glauben konnte, denn jeglicher Zweifel an Giorgios Existenz eröffnete die Möglichkeit, dass das seit über einem Jahrzehnt praktizierte Eindringen in die Telefondaten von Bürgern und staatlichen Einrichtungen nicht auf Giorgios Konto ging, sondern seinen nachweisbaren – und himmelschreiend kriminellen – Ursprung in E-Mails hatte, die von einem Computer im Büro des Vice-Questore der Stadt Venedig abgeschickt worden waren.

»Ich wollte ihn sowieso anrufen«, erwiderte Signorina Elettra leichthin. »Da könnte ich ihn fragen.«

Tierische Profite 24/221

Dunkle Seite

Die dunkle Seite des Menschen, der Schatten, erfuhr Brunetti, kann äußerlich oder innerlich sein, ein Feind von außen oder in einem selbst.

Heimliche Versuchung 12/117

Ehre

»Sie verstanden etwas von Ehre, die Leute, die diese Bücher geschrieben haben, und sie bedeutete ihnen etwas.« Hier hielt Paola inne und dachte über das soeben Gesagte nach. »Aber sie bedeutete nicht nur ihnen etwas, den Schriftstellern; für die Gesellschaft insgesamt waren manche Dinge wichtig: Ehre, der gute Name eines Menschen, sein Wort. (...) In unserer Welt sind sie es nicht, jedenfalls nicht mehr.« *Vendetta* 13/119–120

Ehrgeiz

Brunetti wusste, dass man Ehrgeiz zu den natürlichen menschlichen Eigenschaften zählte, und hatte seit vielen Jahren zugesehen, wie verbissen andere ihrer Vorstellung vom Erfolg nachjagten. (…) Paola hatte einmal gesagt, in seiner Erbmasse fehle ein entscheidendes Gen, weil er keinen anderen Wunsch kenne als den, glücklich zu sein. Das hatte ihm zu schaffen gemacht, bis sie erklärte, dass just dieses Manko einer der Gründe war, warum sie ihn geheiratet hatte.

Verschwiegene Kanäle 21/230–231

Eiferer

»Ich muss immer an Savonarola denken«, sagte Brunetti. »Er fing damit an, dass er die Dinge verbessern wollte, aber als einzige Methode fiel ihm dazu ein, alles zu zerstören, womit er nicht einverstanden war. Am Ende sind alle Eiferer wie er, sogar die *ecologisti* und die *femministi*. Zuerst wollen sie eine bessere Welt, aber am Ende glauben sie, ihr Ziel nur dadurch erreichen zu können, dass sie alles aus dieser Welt tilgen, was zu ihrer Vorstellung von der Welt nicht passt. Sie werden alle auf dem Scheiterhaufen enden, wie Savonarola.«

Venezianische Scharade 14/175

Eifersucht

»Mich interessiert, ob ihn noch etwas anderes als die Affäre beunruhigt hat«, sagte Brunetti.

»Du meinst, das reicht noch nicht, einem verheirateten Mann Bauchschmerzen zu machen?«, fragte Vianello.

»Doch, sicher«, räumte Brunetti ein. »Aber nicht jeder verheiratete Mann, der eine Affäre hat, landet mit drei Messerstichen im Rücken in einem Kanal.«

»Stimmt«, sagte Vianello. Er wies auf die Tür, durch die Signora Doni verschwunden war, und meinte: »Ich glaube, wenn ich es mit ihr zu tun hätte, würde eine Affäre mich ganz schön nervös machen.«

»Wie würde Nadia reagieren?«, fragte Brunetti, der sich nicht sicher war, ob oder wie viel Kritik an Signora Doni in Vianellos Frage mitschwang.

»Meine Pistole nehmen und mich erschießen, vermute ich«, antwortete Vianello mit einem Grinsen, das nicht ohne Stolz war. »Und Paola?«

»Wir leben im vierten Stock«, sagte Brunetti. »Und wir haben eine Terrasse.« *Tierische Profite* 16/132

Paola würde das nicht aus Eifersucht tun, das wusste Brunetti, sondern aus verletztem Stolz und weil sie sich in ihrer Ehre gekränkt fühlte. Ihr Vater würde mit einem einzigen Telefonat dafür sorgen, dass er still und leise in ein ödes sizilianisches Mafiadorf versetzt würde; und Paola selbst würde noch am selben Tag alle Spuren von ihm aus der Wohnung beseitigen. Sogar seine Bücher. Und nie mehr würde sie seinen Namen aussprechen; allenfalls den Kindern gegenüber, aber die wären klug genug, nicht nach ihm zu fragen. Warum machte es ihn so glücklich, das so genau zu wissen?

Tierische Profite 10/83

Einer ist des anderen Wolf

Brunetti bemerkte trocken: »Ich lebe seit Jahrzehnten mit einer Frau zusammen, die sich Henry James auserwählt hat und nicht aufhört, seine Romane zu lesen: Meinst du, ich könnte kein Lied davon singen, wie Menschen einander benutzen?« (...)

Als ginge es immer noch um Literatur, insistierte Brunetti: »James beschreibt die Menschen als Raubtiere, die beim Nachmittagstee Komplimente austauschen.« *Ein Sohn ist uns gegeben* 13/136

Einflüsterungen der Phantasie

Brunetti war sein Leben lang gesund gewesen, aber das half ihm auch nichts gegen die Einflüsterungen seiner Phantasie; nur allzu oft entdeckte er die Symptome eingebildeter Krankheiten an sich. Paola war die Einzige, der er je davon erzählt hatte, wenngleich seine Mutter, als sie dazu noch imstande war, es gewusst oder zumindest geahnt hatte. *Tierische Profite* 2/18–19

Einkaufen in Venedig

Die Frauen blieben bald schon hinter Vianello und Brunetti zurück, betrachteten die Schaufenster, verglichen die Auslagen und stellten einmal mehr fest, wie sehr die Geschäfte sich in den letzten Jahren gewandelt und dem Touristengeschmack angepasst hatten. »Immerhin ist der noch da«, meinte Paola, während sie bewundernd vor den Pyramiden aus getrockneten Früchten im Fenster des Feinkosthändlers Mascari stehen blieb.

Nadia, die mindestens einen Kopf kleiner war als Paola und sehr viel rundlicher, entgegnete: »Meine Mutter erinnert sich noch an die Zeit, da alles, was hier über den Ladentisch ging, in Zeitungspapier eingeschlagen wurde. Sie lebt inzwischen bei meinem Bruder in Dolo, aber ihre Feigen müssen auch heute noch von Mascari sein. Ohne deren Schriftzug auf dem Einwickelpapier rührt sie keine an.«

Das Mädchen seiner Träume 9/101

Eitle Spekulationen

Wenn Brunetti nicht studiert hätte, wäre er nicht Paola in der Bibliothek begegnet, und dann wäre er auch nicht Polizist geworden. Manchmal fragte er sich, ob er wohl derselbe Mensch geworden wäre, ob das, was er in sich selbst als das Entscheidende betrachtete, sich in derselben Weise entwickelt hätte, wenn er Versicherungsvertreter oder Verwaltungsbeamter geworden wäre. Brunetti wusste aber auch, was eitle Spekulationen waren, und so streckte er die Hand aus und zog das Telefon zu sich heran. *Nobiltà* 5/55

Elefantengedächtnis

Brunetti hatte Jahre gebraucht, sich an Paolas außerordentliches Gedächtnis zu gewöhnen, und noch immer konnte er kaum glauben, dass sie jeden beliebigen Text eigentlich nur einmal konzentriert durchlesen musste, und schon kannte sie ihn auswendig.

Ewige Jugend 12/131

»Bei Dickens gibt es einen Prediger«, fuhr Paola nachdenklich fort. »In *Bleak House,* glaube ich.« Die Art, wie sie jetzt die Augen schloss, war Brunetti so vertraut, dass er nachgerade sah, wie sie die Tausenden von Buchseiten durchblätterte, die in ihrem Gedächtnis gespeichert waren.

Das Mädchen seiner Träume 10/113

Emotionale Aura

Brunettis Gedanken schweiften im Gehen, wohin sie wollten. Wenn er früher Leuten begegnet war, die er schon mal gesehen hatte, hatte er sie gelegentlich wiedererkannt, ohne sich zu erinnern, wer genau sie waren. Oft gesellte sich zu diesem Wiedererkennen der äußeren Erscheinung die Erinnerung an eine emotionale Aura – er fand keinen besseren Ausdruck dafür. Er wusste, dass sie ihm sympathisch oder unsympathisch waren, auch wenn die Gründe für dieses Gefühl ihm ebenso wie ihre Namen längst entfallen waren.

Tierische Profite 2/20

Erde als Scheibe

»Schließlich sind Jesuiten ja auch die Intellektuellen unter den Katholiken, nicht wahr?«, fragte Rudy, der, wie Brunetti wusste, aus Bremen stammte, vermutlich also Protestant war und wohl keine genaue Vorstellung von der Gesellschaft Jesu hatte.

»›Die Intellektuellen‹?«, wiederholte Brunetti. »Eher könnte man sie als die Kartographen der Flat Earth Society bezeichnen.« *Ein Sohn ist uns gegeben* 18/188

Erderwärmung

Sie sprachen wenig, um die Stille nicht zu stören, während sie in die *laguna* hinausruderten. (...) Einmal sah Brunetti zwei langschnäblige Vögel, die sich mit ausgebreiteten Flügeln auf einem schlammigen Grasstück sonnten. Wie hießen die noch? »Müssten die nicht längst im Süden sein?«, fragte er Lolo, der hinten im Boot ruderte. Sie glitten an den Vögeln vorbei, die sich nicht von ihnen stören ließen.

»Die überwintern jetzt hier«, sagte Lolo.

Ewige Jugend 14/155

Erste Liebe

»Guido, ich glaube, Raffi ist verliebt«, sagte Paola in der Hoffnung, es wäre der rechte Augenblick, es ihm mitzuteilen.

Brunetti stand neben der Mutter seines einzigen Sohnes und dachte an Eltern und wie sie ihre Kinder lieben. Er sagte so lange nichts, dass sie endlich den Kopf wandte und zu ihm aufsah. »Warum weinst du, Guido?«

Endstation Venedig 25/396

Erstgeburtsrecht

Seit Flavia vor einem Monat hier angekommen war, hatten ihre venezianischen Kollegen von kaum etwas anderem gesprochen als vom Niedergang der Stadt, die langsam, aber sicher ein Disneyland an der Adria werde. Zur Mittagszeit quälte man sich im Zentrum durch Menschenmassen; die Vaporetti waren hoffnungslos überfüllt. Biancat hatte zugemacht: Aber was kümmerte sie das? Sie war zwar Norditalienerin, aber keine Venezianerin, und warum oder an wen die Venezianer ihr Kulturgut ausverkauften, ging sie nichts an. Stand in der Bibel nicht etwas von einem Mann, der sein Erstgeburtsrecht für – der Ausdruck hatte sie fasziniert, als sie ihn vor Jahrzehnten im Katechismusunterricht zum ersten Mal hörte – ein Linsengericht hergegeben hatte? Die Worte erinnerten sie daran, wie hungrig sie war.

Endlich mein 4/30–31

Erzfeind

Signorina Elettra und Vianello wechselten einen verschwörerischen Blick, und dann sagte sie: »Ich will Tenente Scarpas Kopf.«

In den letzten Jahren hatten sich die Spannungen zwischen Signorina Elettra, der Sekretärin von Vice-Questore Giuseppe Patta, und Tenente Scarpa, seinem engsten Vertrauten und Assistenten, immer weiter verschärft. Sie und der Tenente legten einander, wo sie nur konnten, Steine in den Weg, wobei Scarpa keine Rücksicht auf die Kollegen in der Questura nahm, während Signorina Elettra sich aus Sorge um die anderen doch eher zurückhielt. Wenn sie vorschlug, eine Liste nicht nur der Namen und Vorstrafen von Wiederholungstätern anzulegen, sondern auch der Häufigkeit und Schwere ihrer Verbrechen, kritisierte Scarpa dies garantiert als einen Versuch, geläuterte Kriminelle zu stigmatisieren und zu diskriminieren. Wenn Scarpa jemanden zur Beförderung empfahl, heftete sie seinem Schreiben eine Liste sämtlicher Verweise an, die der betreffende Beamte jemals erhalten hatte. *Endlich mein* 10/93

Oh, wie selten liefert uns das Schicksal den Feind in die Hand, auf dass wir nach Belieben mit ihm verfahren!

Acqua alta 12/164

Familientradition

Brunetti hatte die Zimmer des Palazzo nie gezählt und sich immer gescheut zu fragen, wie viele es eigentlich waren. Auf drei Seiten umgaben Kanäle die vier Stockwerke, die Rückseite stützte eine säkularisierte Kirche. Er ging nur bei offiziellen Anlässen hin: Heiligabend, um Fisch zu essen und Geschenke auszutauschen, am Namenstag des Conte Orazio, an dem sie aus irgendeinem Grunde Fasan aßen und wiederum Geschenke brachten, und zum Redentore-Fest, wozu sie *pasta e fagioli* aßen und sich das Feuerwerk über der Piazza San Marco ansahen. *Venezianisches Finale* 10/121

Fegefeuer

Brunetti gestattete sich ein Lächeln. »Ich weiß, die Leute glauben immer, nur weil ich Polizist bin, müsse *Inferno* mir am besten gefallen. Die Bösen werden bestraft, und jeder kriegt, was er nach Dantes Meinung verdient. Aber mir hat das nie gefallen, diese absolute Gewissheit der Urteile, dieses furchtbare Leiden. Auf ewig.« Sie blieb stumm, sah ihm nur ins Gesicht und hörte zu, was er zu sagen hatte. »Mir gefällt *Purgatorio,* weil da immer noch die Möglichkeit offenbleibt, dass sich etwas ändert. Für die anderen, ob im Himmel oder in der Hölle, ist alles erledigt: Sie bleiben, wo sie sind. Auf ewig.«

Sanft entschlafen 1/16–17

Feigheit

Brunetti, angewidert von diesem jüngsten Beweis für Pattas Feigheit, hätte um ein Haar gefragt, ob es denn irgendetwas gab, wovor der Vice-Questore nicht auf die Knie ging, aber er hielt wieder einmal an sich, hütete sich vor des Narren Wut und sagte stattdessen: »Ich werde mit ihnen reden.« *Vendetta* 24/286

Feind observieren

Das bisschen Licht, das hereinfiel, spiegelte sich auf den Glanzstellen an Pattas Körper: den Schuhspitzen, der Goldkette, die schräg über seiner Weste hing, und dem winzigen Rubin in seiner Krawattennadel.

Acqua alta 4/48

Er saß mit aufgeknöpftem Mohairjackett hinter seinem Schreibtisch, die brillantgeschmückte Krawattennadel genau an der richtigen Stelle. Wie immer sah Patta aus wie soeben von einer römischen Münze entwischt, die großen braunen Augen vollkommen angeordnet inmitten der übrigen Vollkommenheit seines Gesichts.

Acqua alta 12/161

Ferragosto

Als er auf dem Weg zur Arbeit über den Rialtomarkt ging, sah Brunetti, dass viele der Verkaufsstände geschlossen hatten und an ihren üblichen Plätzen in der geordneten Reihe die Leere gähnte wie Zahnlücken im Mund eines Trunkenboldes. Sinnlos, während des Ferragosto Gemüse verkaufen zu wollen; die Einwohner flohen die Stadt, und die Touristen wollten nur *panini* und *acqua minerale*. *Venezianische Scharade* 26/318

Fischer

Als Brunetti sich anerkennend über die Großzügigkeit der Fischer äußerte, sagte Casati, Fischer pflegten freigebiger zu sein als Bauern. Sie wüssten, erklärte er, dass ihr Fang höchstens einen Tag lang frisch bleibe, weshalb sie ihn lieber verschenkten, als ihn verfaulen zu lassen. Bauern hingegen könnten ihre Ernte einlagern und so behalten oder gar horten. *Stille Wasser* 10/109

Fluch der Schönheit

Vor Jahren hatte eine schöne Frau aus seinem Bekanntenkreis Brunetti davon überzeugen wollen, dass ihre Schönheit in gewisser Weise ein Fluch sei, weil die Menschen nämlich nur Augen dafür hatten und all ihre anderen Vorzüge einfach nicht zur Kenntnis nahmen. Er hatte das damals für koketten Komplimentefang gehalten und war galant darauf eingegangen, aber jetzt verstand er vielleicht, was sie meinte, zumindest wenn er ihren Vergleich auf die Stadt übertrug: Niemand sorgte sich ernsthaft um deren weiteres Schicksal – wie sonst sollte man sich die ständigen Wechsel in der Stadtspitze erklären? –, wenn nur alle aus ihrer Schönheit Profit schlagen und sich in ihrem Abglanz sonnen konnten, solange es sie noch gab. *Verschwiegene Kanäle* 15/169

Forsythien

Brunetti ging bis ans Ende der *calle* und blickte hinüber zu dem Garten auf der anderen Seite, froh, dass Forsythien es doch immer wieder schafften, fröhlich auszusehen, und wenn sie sich noch so hastig herausgeputzt hatten. *Feine Freunde* 21/269

Frauensache

Im Lauf der Jahre war Brunetti zu der Überzeugung gelangt, dass ihm zum Thema Abtreibung keine vollwertige Meinung zustehe, ja, dass er als Mann in der Sache kein Stimmrecht habe. Sein Bauchgefühl ließ sich dadurch zwar nicht zum Schweigen bringen, aber das Entscheidungsrecht gehörte in dem Fall allein den Frauen. Er hatte das zu akzeptieren und den Mund zu halten. Andererseits war all dies nur graue Theorie und half nichts gegen den verzweifelten Schmerz in Danielas Stimme.

Lasset die Kinder zu mir kommen 24/312

Freunde an höherer Stelle

Einen Augenblick war Brunetti wieder sieben Jahre alt und kniete neben seiner Mutter vor dem Hauptaltar von Santa Maria Formosa, ihrer Pfarrkirche. Seine Mutter blickte zum Altar auf, bekreuzigte sich und sagte mit flehender, von tiefer Gläubigkeit erfüllter Stimme: »Heilige Maria, Mutter Gottes, um der Liebe deines Sohnes willen, der sein Leben für uns unwürdige Sünder gegeben hat, erhöre meine Bitte, nur diese einzige, und ich will nie mehr um etwas bitten, solange ich lebe.«

Es war ein Versprechen, das er im Laufe seiner Jugend noch unzählige Male hören sollte, denn wie alle Venezianer vertraute Signora Brunetti stets auf den Einfluss von Freunden an höherer Stelle. Nicht zum ersten Mal in seinem Leben bedauerte Brunetti seinen eigenen Unglauben, aber das hielt ihn nicht davon ab zu beten, dass Gravi den Mann, der die Schuhe gekauft hatte, wiedererkannte. *Venezianische Scharade* 30/363

Freundin und Feindin

Die Sonnenstrahlen waren über den Teppich gekrochen und kitzelten Paolas Füße, die sie auf den Couchtisch gelegt hatte. Sie rutschte noch tiefer und streckte die Beine der Sonne entgegen. »Ah, das tut gut«, seufzte sie.

Tod zwischen den Zeilen 11/137

Brunetti blieb, von der warmen Sonne angenehm überrascht, auf der Eingangstreppe stehen. Wie eine Sonnenblume wandte er sich ihr zu, dann schloss er die Augen.

Schöner Schein 22/249

Schon vor Jahrzehnten war Contessa Falier so klug gewesen, die Sonne zu ihrer Feindin zu erklären, mit dem Ergebnis, dass sie noch immer keine Falten und keine Altersflecken im Gesicht hatte.

Tod zwischen den Zeilen 8/101

Freundschaft

Brunetti hatte Paola versprochen, zum Essen nach Hause zu kommen. Auch seine Kinder waren da, was mittlerweile seltener vorkam, da ihre Pflichten und ihre Freunde immer mehr Zeit beanspruchten. Gelegentlich bekam er mit, wie neue Freundschaften entstanden, bei Tisch wurden Namen von Kameraden erwähnt, ihre Eigenschaften beschrieben und gelobt, ihre Meinungen dargelegt, anfangs immer begeistert, dann differenziert, ja bisweilen kritisch erörtert. *Flüchtiges Begehren* 8/9

Frieden

»Es geht mir nicht darum, recht zu haben«, entgegnete Brunetti.

»Worum dann?«

»Darum, dass ich zu Hause in Frieden leben kann.«

Blutige Steine 8/91

Frühling

Brunetti und Vianello gingen zu Fuß, alles andere wäre eine Versündigung an diesem herrlichen Tag gewesen. Die laue Frühlingsluft ließ die Glyzinienknospen schwellen wie die Muskeln von Sportlern in den Startlöchern: Längst waren die Ranken, sah Brunetti, über die Backsteinmauer des Gartens auf der anderen Seite des Kanals hinübergeklettert. Binnen einer Woche würden die Rispen bis zum Wasser hinunterhängen, und noch eine Woche später würde die lavendelfarbene Blütenpracht mit einem Schlag aufgehen und die Passanten in solche Duftwolken hüllen, dass alle sich fragten, warum um Himmels willen sie ins Büro gingen, um auf einen Computerbildschirm zu starren, während draußen die Welt zu neuem Leben erwachte.

Tod zwischen den Zeilen 7/83

Für immer verfallen

Als sie an San Giorgio vorbeifuhren, drehte Griffoni sich zu Brunetti um und fragte beiläufig: »Werden Sie all dieser Schönheit jemals müde?«

Sein Blick glitt an ihr vorbei zu den Wolken hinter der Kuppel. »Niemals«, antwortete Brunetti im Brustton der Überzeugung.

»Ich empfinde das Gleiche für Neapel«, sagte sie.

Das goldene Ei 21/220

Fürsorge

»Willst du was essen, Guido?«, fragte Paola.

»Ja, ich glaube schon. Aber zuvor möchte ich ein Glas Wein und von dir erfahren, was los ist.« Damit ging Brunetti in die Küche zurück und holte einen Falconera und zwei Gläser. Er entkorkte die Flasche, verzichtete auf die ganze lächerliche Etikette, wonach ein frisch geöffneter Wein erst atmen sollte, und kehrte kurzerhand mit der Flasche ins Wohnzimmer zurück. Hier setzte er sich Paola zu Füßen, stellte die Gläser auf den Couchtisch und schenkte beiden reichlich ein. Nachdem er Paola ihr Glas gereicht hatte, umfasste er mit derselben Hand ihre linke Fessel. »Du hast kalte Füße«, stellte er fest, zog einen abgewetzten alten Kelim von der Sofalehne und deckte sie zu. *Blutige Steine* 4/42

»Warum bist du noch hier?«, fragte Brunetti.

»Um dir Kaffee zu bringen.«

»Pass nur auf, dass deine feministischen Freundinnen das nicht erfahren«, sagte er.

»Liebe triumphiert über Prinzipien«, sagte sie und ging. *Ewige Jugend* 18/199

Fußball

Um die Wahrheit zu sagen, er machte sich überhaupt nichts aus Sport, abgesehen von Fußball; die Liebe zu diesem Spiel hatte er von seinem Vater, und das Gute daran war, dass man nur einen Ball brauchte. Natürlich war dieser Sport durch und durch korrupt, Millionen wurden gewonnen oder verloren beim Wetten auf Spiele, deren Ergebnisse schon vorher feststanden, und dennoch fieberte er unweigerlich bei diesen abgekarteten Partien mit. Er erinnerte sich an einen Tag, als sein Vater ihn einmal zu einem Ligaspiel mitgenommen hatte, Inter gegen …

Vianello riss ihn aus seinen Träumereien; er trat ohne anzuklopfen ein. *Heimliche Versuchung* 27/287

Galanteria

Eine große attraktive blonde Frau spähte vom Rand des Kanals aus ins Wasser, und zu ihren Füßen thronte ein stattlicher weißer Hund auf seinen Hinterbeinen. Brunetti ging auf die beiden zu und sprach die Frau – aus irgendeinem Grund vermutend, dass sie Engländerin war – auf Englisch an: »Ist etwas passiert, Signora?«

»Martinos Tennisball«, sagte sie und fügte lächelnd hinzu: »Da kann man nichts machen, fürchte ich.«

Brunetti sah einen pelzigen gelben Ball langsam davontreiben. »Wenn ich dreißig Jahre jünger wäre, Signora, würde ich reinspringen und ihn herausholen«, erklärte er spontan. Da sie einen Hund dabeihatte, war sie offenbar hier ansässig: Ein Grund mehr für ein wenig italienische *galanteria.*

Sie lachte laut auf, wirkte plötzlich wie verwandelt und sah ihm ins Gesicht. »Wenn ich dreißig Jahre jünger wäre, wäre mir das ein Vergnügen«, sagte sie, und dann zu dem Hund: »Komm, Martino. Man kann nicht alles haben.«

Sie schenkte Brunetti noch ein Lächeln, dann wandte sie sich ab und entschwand Richtung San Martino Vescovo. *Heimliche Versuchung* 17/166

Gastfreundschaft

»Ihr Venezianer seid ohnehin nicht gerade die gastfreundlichsten Leute der Welt«, sagte sie und lächelte, um die Bemerkung zu entschärfen.

Verblüfft antwortete Brunetti viel defensiver, als er eigentlich wollte: »Nicht jeder hier ist Venezianer.«

»Ich weiß, ich weiß«, sagte sie und hob beschwichtigend eine Hand. »Alle hier sind sehr nett und sehr freundlich, aber das endet an der Tür, wenn wir abends nach Hause gehen.« *Schöner Schein* 7/89

Gefühle zeigen

»Was ist denn mit Ihnen, Commissario?« Signorina Elettra war ihr Erschrecken so deutlich anzusehen und anzuhören, das Brunetti richtig gerührt war. Wie gut es die Frauen doch haben, dachte er, dass sie ihre Gefühle so offen zeigen dürfen, und wie wohltuend die Zeichen ihrer Zuneigung oder Sorge doch sind!

Sanft entschlafen 22/316

Gefühlsfoto

Brunetti hörte Schritte aus der Küche und sah seine Frau auf sich zukommen. Hoffentlich behielt er diesen Augenblick als eine Art Gefühlsfoto im Gedächtnis, damit er ihn, wenn es in der Zukunft einmal nicht so gut lief, hervorholen und sich sagen konnte: »Ich habe ein glückliches Leben gehabt.« *Ein Sohn ist uns gegeben* 4/43

Gefühlsstarre

Brunetti kannte das seit seiner Kindheit, im Frühjahr, nach der winterlichen Gefühlsstarre, hätte er am liebsten immer die ganze Welt umarmt. Er freute sich an allem, was er sah, und die Aussicht auf einen Spaziergang berauschte ihn geradezu.

Tod zwischen den Zeilen 7/84

Geistiger Kitt

Paola legte das Hemd weg und steckte die Nadel in das Kissen neben ihr. »Was wollen die eigentlich?«

»Jetzt redest du wie Freud«, sagte Brunetti lachend. »Was will das Weib?«

Sie lachte. Verachtung für Freud und alles, was er je von sich gegeben hatte, war Teil des geistigen Kitts, der sie zusammenhielt. »Aber im Ernst. Was glaubst du, worauf die es wirklich abgesehen haben?«

»Da fragst du mich zu viel«, musste Brunetti zugeben. Und nachdem er eine Weile nachgedacht hatte, antwortete er: »Macht vermutlich.«

Sanft entschlafen 17/259

Geld

Sobald ein Mann an die Macht kommt, zeitigt seine Liebe zum Geld die gleichen Eigenschaften wie Wundbrand, denn sobald der sich in einen Körper eingeschlichen hat, ruht er nicht eher, als bis er ganz und gar von ihm Besitz genommen und ihn vergiftet hat.

Verschwiegene Kanäle 20/227–228

Generalverdacht

»Ich glaube, Sie haben einen schlechten Einfluss auf mich, Commissario«, begann sie mit Grabesstimme.

Brunetti, der nicht sicher war, wie ernst sie das meinte, fragte nur: »Inwiefern, Signorina?«

»Ich werde immer misstrauischer. Wenn ich in der Zeitung lese, ein Mann fährt rückwärts aus der Garage und überfährt dabei seine Frau, frage ich mich, ob er das geplant hat. Wenn ich zum Juwelier gehe, überlege ich, wie man den am besten ausrauben könnte. Wenn im Fernsehen jemand interviewt wird, gehe ich davon aus, dass er lügt.« Sie hob hilflos die Hände.

»Und, Signorina? Sind Sie mir böse oder dankbar?«

Sie betrachtete ihren rechten Daumennagel. »Ich bin mir unsicher, Commissario.« *Geheime Quellen* 23/259

Gentrifizierung

Die Gentrifizierung hatte soeben erst begonnen, aber die Zeichen waren bereits sichtbar: eine neue Bar, draußen noch gedeckte Tische, drinnen alles schick und geradlinig; ein gutes Restaurant gegenüber der Brücke Richtung Rialto; und nicht zuletzt drei komplett eingerüstete Gebäude zeigten den Anwohnern, wohin die Reise ging. *Ewige Jugend* 21/238

Gerechtigkeit

Brunetti musste an die *Eumeniden* denken, jene verzweifelte Suche nach einer Gerechtigkeit, die auf etwas anderem beruhte als auf Vergeltung. Die Furien verteidigen ihre Rachsucht: »Wütend sind wir und nicht zu rühren durch menschliches Flehen.« Sie strafen, »Schuld nie vergessend«, und drohen, Vergebung werde die Menschheit in moralisches Chaos stürzen.

Auch wenn die Götter sich uneins waren, so hatte, was Orestes sagte, doch Gewicht, indes der Dichter und seine Zuhörer zu ergründen suchten, was Gerechtigkeit sei. Und nun, zweitausend Jahre später, gab es immer noch keine Antwort. *Geheime Quellen* 28/314–315

Geschwister

Ein weiterer Grund, weshalb Brunetti gezögert hatte, in die Berge zu fahren, war der, dass diesen Sonntag die Reihe an ihm war, seine Mutter zu besuchen; er und sein Bruder Sergio wechselten sich dabei ab, bisweilen vertrat auch einer den anderen. Aber an diesem Wochenende war Sergio mit seiner Familie auf Sardinien, so dass Brunetti dran war.

In Wahrheit hätte es keinen Unterschied gemacht, wenn sie ihren Besuch einmal hätten ausfallen lassen, aber das taten sie nie. *Venezianische Scharade* 15/176

Aus der Küche hörten sie die gedämpften Töne, die ihnen sagten, dass Raffaele abwusch, und die hellen Klapperlaute, die davon sprachen, dass Chiara abtrocknete und wegräumte. Gelegentlich war ein Ausbruch plötzlichen Gelächters zu vernehmen.

Venezianisches Finale 17/255

Gestohlene Jahre

Wann immer ein junges Leben mutwillig ausgelöscht wurde – sei es durch ein Verbrechen oder einen der vielen nutzlosen Kriege –, zählte Brunetti die gestohlenen Jahre. Bei einer natürlichen Lebenserwartung von siebzig gingen zu Lasten seiner eigenen Regierung Jahrhunderte, aufs Konto anderer Staaten gar Jahrtausende der Freude und des Glücks, um die Kinder und Heranwachsende schmählich betrogen worden waren. Selbst wenn das Leben ihnen Kummer und Leid beschert hätte, wäre es immerhin noch ein Leben gewesen und nicht die Leere, die Brunetti nach dem Tod gähnen sah.

Das Mädchen seiner Träume 15/157

Gewissheit

Brunetti hatte nicht den Eindruck, dass die Contessa auf Rache aus war. Vielleicht glaubte sie, die Gewissheit darüber, was ihrer Enkelin zugestoßen war, könne ihren Schmerz lindern. Er wusste, wie illusorisch dieser Glaube war: Sobald man weiß, was passiert ist, will man wissen, warum, und dann will man wissen, wer es getan hat.

Ewige Jugend 4/51

Giudecca

Die scheußlichen Geschichten, die man mit peinlicher Regelmäßigkeit in der Zeitung las, über Kinder, die von Ratten gebissen, oder Leute, die nach einer Überdosis tot aufgefunden worden waren, schienen immer auf der Giudecca zu passieren. Selbst die Anwesenheit eines entthronten Monarchen und eines welkenden Filmstars der fünfziger Jahre konnte ihren Ruf als unheimlichen, rückständigen Ort, wo schreckliche Dinge geschahen, im öffentlichen Bewusstsein nicht aufbessern.

Brunetti kam, wie viele Venezianer, meist nur zum Redentore-Fest hin, mit dem das Ende der Pest von 1576 gefeiert wurde. Zwei Tage lang war die Giudecca dann mit der Hauptinsel durch eine Pontonbrücke verbunden, auf der die Gläubigen übers Wasser zur Chiesa del Redentore gehen konnten, um dort Dank zu sagen für einen weiteren Fall jenes göttlichen Eingreifens, das die Stadt immer wieder gerettet oder ausgespart hatte.

Venezianisches Finale 14/186

Gladiolen

Er schritt Brunetti durch breite Korridore voran in den Teil des Gebäudes, der auf den Canal Grande hinausging, vorbei an Tischen, die sich unter gewaltigen Blumensträußen bogen. Hotels wie dieses schienen eine besondere Vorliebe für Gladiolen zu haben: Brunetti mochte sie nicht, sie waren ihm zu bombastisch und zu groß. *Ein Sohn ist uns gegeben* 24/258

Glasflaschen

Die Läden hatten noch geöffnet, als er in seine Gegend kam, also ging Brunetti in den Gemüseladen an der Ecke und kaufte vier Glasflaschen Mineralwasser. In einem schwachen Moment ökologischer Friedfertigkeit hatte er sich bereitgefunden, den Plastikflaschenboykott seiner Familie mitzumachen, woraufhin er sich – wie die anderen auch, das musste er ihnen lassen – angewöhnt hatte, jedes Mal ein paar Flaschen aus dem Laden mitzunehmen, wenn er vorbeikam.

Vendetta 8/61

Brunetti hatte jahrzehntelange Gefälligkeiten eingefordert, um die Zustimmung der anderen Mieter zu bekommen, dass seine Familie Kästen mit Mineralwasserflaschen in der Schräge am Fuß der Treppe zwischenlagern durfte. Einzige Ausnahme waren die französischen Anwälte im zweiten Stock, über deren Einspruch Brunetti sich stillschweigend hinweggesetzt hatte. Da diese Schräge offen war, hatte jedermann im Haus Zugang zu den Flaschen, doch statt sie zu stehlen – was Brunetti für möglich gehalten hatte –, trugen die Bewohner der oberen Etagen jedes Mal, wenn sie nach Hause kamen, ein oder zwei Flaschen mit nach oben und stellten sie auf dem eigenen Absatz ab, von wo sie das nächste Mitglied der Familie Brunetti die restlichen Treppen hinaufnehmen konnte.

Ein Sohn ist uns gegeben 7/67

Glaube an das Gesetz

»Warum muss für dich alles so ein *Anliegen* sein, Paola? Warum muss alles, was du tust oder liest oder sagst – oder anziehst und isst, um Himmels willen –, warum muss das alles immer so bedeutungsschwer sein?«, fragte Brunetti.

Sie sah ihn lange an, ohne etwas zu sagen, dann senkte sie den Kopf und ging an ihm vorbei, weiter nach Hause.

Er holte sie ein. »Was sollte das heißen?«

»Was sollte was heißen?«

»Dieser Blick.«

Sie blieb stehen und sah zu ihm auf. »Manchmal frage ich mich, wo der Mann geblieben ist, den ich einmal geheiratet habe.«

»Und was soll das nun wieder heißen?«

»Es heißt, Guido, dass du damals, als wir heirateten, an alle diese Dinge geglaubt hast, über die du dich jetzt lustig machst.« Noch ehe er fragen konnte, was das für Dinge seien, antwortete sie. »Dinge wie Gerechtigkeit und Recht, und dass man sich immer für das Rechte entscheiden soll.«

»Daran glaube ich immer noch«, beharrte er.

»Du glaubst jetzt an das Gesetz, Guido«, sagte sie, aber in sanftem Ton, als spräche sie mit einem Kind.

In Sachen Signora Brunetti 3/29

Glaube an Gott

»Nach dem Tod meines Vaters habe ich meine Mutter einmal gefragt, ob sie gläubig sei.« Padovani sah ihn verständnislos an, und Brunetti erklärte: »Sie ging regelmäßig zur Kirche, und ich und mein Bruder mussten immer mitkommen. Aber sie behandelte Gott wie einen entfernten Verwandten, und ich wusste einfach nicht, was sie wirklich glaubte. Also habe ich sie gefragt, ob sie glaube, dass unser Vater jetzt bei Gott sei.«

Brunetti wartete, bis Padovani nach langem Schweigen fragte: »Was hat sie geantwortet?«

»›Schön wär's.‹« *Ein Sohn ist uns gegeben* 13/141–142

Glocken

Brunetti blickte über die Dächer und Türme, die ihn immer wieder entzückten.

Er hörte Paola durch den Flur in die Küche zurückgehen, hörte das dumpfe Geräusch von hin und her geschobenen Töpfen, aber er blieb stehen, lauschte dem Acht-Uhr-Läuten von San Polo, dann der Antwort von San Marco, die wie immer ein paar Sekunden zu spät über die Stadt dröhnte. Als alle Glocken wieder schwiegen, ging er zurück in die Wohnung und schloss die Tür gegen die abendliche Kühle. *Endstation Venedig* 12/181

Der Himmel im Westen verströmte sein letztes Tageslicht. »Die Tage werden schon kürzer, nicht?«, sagte Paola.

Brunetti zog sie fester an sich und nickte.

So standen sie, als die Glocken zu läuten begannen, zuerst die hellen von San Polo, und dann schollen über die Stadt, die Kanäle, die Jahrhunderte hinweg die gebieterischen, tiefen Töne von San Marco.

Endstation Venedig 25/396

Glücksbringer

Brunetti sah nach dem Ortler, der von ihrem Bett aus zu sehen war: Wie hell der Berg strahlte, rein und menschenleer.

»Mein Talisman«, sagte er, nahm seine Frau in die Arme und schlief ein. *Auf Treu und Glauben* 30/316

Glyzinien

Brunetti ging zum Fenster und sah nach den Ranken im Garten. (...) In einem Monat stünden die Glyzinien in voller Blüte, jetzt aber lagen sie noch in Lauerstellung, scheinbar nicht bereit, ihr Geheimnis zu enthüllen, bis dann eines Tages – zack! – alles voller blühender Rispen wäre, wo tags zuvor noch gar nichts gewesen war, und der Duft durch sämtliche Räume der Questura ziehen würde. *Endlich mein* 12/109–110

Goldener Engel

Vor ihm flogen hell zwitschernd vor Freude am Fliegen die Spatzen und spielten Hasch-mich. Und etwas weiter entfernt blitzte das Gold an den Flügeln des Engels auf dem Glockenturm von San Marco in der Sonne, und sein glitzernder Segen ergoss sich über die ganze Stadt.

Endstation Venedig 15/240

Goldenes Zeitalter

»Es ist eine der wenigen Konstanten in den geschichtlichen Werken, die ich lese: Jedes Zeitalter betrachtet seinen Vorläufer als das Goldene, in dem die Männer noch tugendhaft, die Frauen rein und die Kinder gehorsam waren«, sagte Brunetti.

»Respektvoll nicht zu vergessen«, ergänzte Paola.

»Wer, die Kinder oder die Frauen?«

»Beide vermutlich.« *Das Gesetz der Lagune* 13/142–143

Goldoni

Sein Blick fiel auf die Bronzestatue Goldonis, der zwar nicht sein liebster Bühnenautor war, aber sicher derjenige, der ihn am meisten zum Lachen bringen konnte, besonders dann, wenn die Stücke in ihrem ursprünglichen venezianischen Dialekt gespielt wurden, wie es üblich war hier in der Stadt, die der Dichter in seinen Stücken porträtierte und die ihn genug liebte, um ihm ein Denkmal zu errichten. *Venezianische Scharade* 13/142

Gondolieri

Signora Marzi sah zu den Gondolieri hinunter, die auf den Bänken am Ufer saßen und aufsprangen, wenn Touristen sie ansprachen oder um Fahrpreise feilschen wollten. Als ob irgendjemand einen Gondoliere über den Tisch ziehen könnte, dachte Brunetti.

Tod zwischen den Zeilen 18/225

Google Earth

Ausnahmsweise machte Brunetti auf Google Earth das Haus ausfindig: links von der Kirche. Wenn schon er hier mit der Hausnummer nicht zu Rande kam, wie dann Touristen? Er mochte dieses neue Zeitalter nicht. Viel lieber ließ er sich von jemandem erklären, die von ihm gesuchte Nummer sei das Haus mit den neuen Fensterläden rechts neben dem Lebensmittelgeschäft gegenüber dem Blumenhändler mit den Kakteen im Schaufenster. Damit kam man als Venezianer zurecht.

Ewige Jugend 16/177

Gott Vater

»Der Herr macht nie etwas, was nicht schön ist«, sagte der alte Mann, schon auf dem Ziegelpfad, der durch den Garten führte. »Wer daran zweifelt, braucht sich nur seine Blumen anzusehen.« Er bekräftigte diese schlichte Wahrheit mit einem Kopfnicken und fragte: »Haben Sie einen Garten?«

»Nein, leider nicht«, antwortete Brunetti.

»Wie schade. Es ist so schön, Dinge wachsen zu sehen. Da spürt man das Leben.« Er blieb an einer Tür stehen, öffnete sie und trat beiseite, um Brunetti in den langen Gang des Klosters zu lassen.

»Tun Kinder es auch?«, fragte Brunetti lächelnd. »Davon habe ich zwei.«

»Oh, Kinder bedeuten mehr als alles auf der Welt«, meinte der Mönch und lächelte Brunetti an. »Es gibt nichts Schöneres, und nichts gereicht dem Herrn zu größerer Ehre.«

Brunetti erwiderte das Lächeln und nickte; zumindest mit dem ersten Halbsatz war er einverstanden.

Sanft entschlafen 8/138–139

Göttin des Chaos

Beamte gaben falsche Ratschläge, ohne sich darum zu kümmern, wie viel Zeit die Bürger vergeuden mussten, wenn sie irgendwann feststellten, dass sie das falsche Amt aufgesucht und nach dem falschen Formular gefragt hatten. Falsche Auskünfte wurden verteilt wie Bonbons an gierige Kinder. (…)

Wie viele Millionen Stunden wurden Tag für Tag dem Gott der Faulheit und der Inkompetenz geopfert? Wie viel wurde an jedem Arbeitstag auf dem Altar von Eris, der Göttin des Chaos, geopfert?

Das goldene Ei 10/106

Götze Erfolg

Brunetti, von Natur und Neigung unfähig, am Altar des Götzen Erfolg zu beten, hatte bescheidenere Ziele. Er war ein Mann, der in kurzen Fristen dachte und nur am Hier und Jetzt, am Konkreten interessiert war. Größere Ziele und Wünsche überließ er anderen, er selbst begnügte sich mit kleineren: eine glückliche Familie, ein anständiges Leben und das Bestreben, seine Arbeit so gut wie möglich zu tun. Es schien ihm wenig genug verlangt vom Leben, und so beschied er sich mit diesen Hoffnungen. *Das Gesetz der Lagune* 9/108

Gräber

Das Grab seines Vaters war leicht zu finden, es lag ganz in der Nähe von Strawinskys. Der Russe war sicher; er würde bleiben, unangetastet, solange der Friedhof bestand oder sich Menschen seiner Musik erinnerten. Für Brunettis Vater war die Zukunft ungewisser, denn es dauerte nicht mehr lange, bis sein Grab geöffnet und seine Gebeine herausgenommen wurden, um in einem Beinhaus in einer der langen, überfüllten Mauern des Friedhofs untergebracht zu werden.

Venezianisches Finale 7/82–83

Griffoni

Sie war klug und kooperativ. Bei ihren wenigen gemeinsamen Ermittlungen hatte ihn ihr Ernst beeindruckt und dass sie sich nie ins Rampenlicht gedrängt hatte, im Gegensatz zu anderen Kollegen, und ihr Mangel an Interesse, zur Heldin der Ermittlungen zu werden, eine Schwäche, der manche seiner anderen Kollegen häufig erlagen. Außerdem bewunderte Brunetti ihre Unerschrockenheit in gefährlichen Situationen.

Das goldene Ei 20/213

Guidos-Privat-System

Über den Weg zur Reinigung brauchte Brunetti nicht nachzudenken, er folgte einfach seinem eigenen GPS – Guidos-Privat-System – und war in zehn Minuten da.

Das goldene Ei 8/77

In der *calle* blieb Brunetti kurz stehen, um das GPS zu Rate zu ziehen, das jeder Venezianer bei der Geburt mitbekam. Es dauerte nicht länger, als eine Kompassnadel braucht, sich auf Nord einzupendeln.

Heimliche Versuchung 20/195

Gut und Böse

»Bei manchen Kindern«, fuhr Vianello fort, »besonders bei kleinen Jungen, ist schwer zu sagen, was aus ihnen wird. Die meisten entwickeln sich zu ganz normalen Menschen, aber offenbar nicht alle.« Er aß einen Bissen, dann legte er die Gabel hin und blickte auf. »Die Leute, mit denen wir es zu tun haben – die wir verhaften –, müssen schließlich irgendwo herkommen. Irgendwann in ihrer Entwicklung werden sie kriminell. Oder der Anstoß kommt von außen.«

»Manchmal denke ich, sie werden schon so geboren«, sagte Brunetti, während seine Gabel über dem Teller schwebte. »Ich frage mich, ob die Calvinisten das im Sinn hatten, als sie von Prädestination sprachen. Es ist alles eine Frage der Sichtweise. Während wir heutzutage für alles handfeste Ursachen haben wollen, suchten die Calvinisten nach geistigen Wurzeln und glaubten daher, der Mensch sei von Geburt an unabwendbar erlöst oder verdammt. Und daran sei nichts mehr zu ändern.« *Ein Sohn ist uns gegeben* 10/107

Guter Mensch

»Du hast gesagt, er war ein guter Mensch.«

»Er ist ein guter Mensch geworden«, korrigierte Brunetti.

»Die Leute ändern sich nicht«, sprach Griffoni eine alte neapolitanische Weisheit aus.

»Wenn sie genug leiden, dann schon«, erwiderte Brunetti und fügte rasch hinzu: »Möglicherweise.«

Stille Wasser 30/331–332

Habgier

Brunetti wusste, dass er ein Mann mit vielen Schwächen war: Stolz, Trägheit und Rachsucht, um nur die zu nennen, die er für die offenkundigsten hielt, aber er wusste auch, dass Habgier nicht dazugehörte, und immer wenn er sich mit ihren vielen Ausdrucksformen konfrontiert sah, fühlte er sich in einer fremden Welt. Er wusste, dass Habgier ein verbreitetes, vielleicht das verbreitetste aller Laster war, und konnte sie ja auch mit dem Verstand begreifen, aber sie drang ihm nie bis ans Herz und ließ seinen Verstand völlig kalt. *Sanft entschlafen* 19/280

Hände

»Ich habe sie mir näher betrachtet«, sagte Bocchese, aus Respekt der Frau zugewandt, während er von ihr sprach. »Sieht aus, als wurde sie erwürgt.«

»Mit einem Gegenstand oder mit bloßen Händen?«, fragte Brunetti und merkte, wie furchtbar das klang. Hände waren dazu da, etwas zu gestalten, etwas zu bauen, und nicht zum Töten.

Ein Sohn ist uns gegeben 20/214

Contessa Lando-Continuis dunkelgrünes Kleid hatte lange Ärmel, die ihre schmalen, von keinerlei Altersflecken entstellten Hände zur Geltung brachten.

Ewige Jugend 1/8

Paola nahm Brunettis Hand und strich zart über seine Finger. »Du hast wirklich schöne Hände. Habe ich dir das jemals gesagt?«

»Sechshundertundzwölfmal mindestens. Seit den Flitterwochen habe ich aufgehört zu zählen.«

Paola gab seine Hand wieder frei. »Was bist du für ein Dummkopf, Guido.«

Ein Sohn ist uns gegeben 12/125

Handwerker

Auf dem Weg nach oben machte Brunetti sich Gedanken über ein Land, das zu viele Ärzte hatte, während es von Jahr zu Jahr schwieriger wurde, einen Zimmermann oder einen Schuhmacher zu finden. *Nobiltà* 4/45

Happy few

Paola führte Brunetti durch das Labyrinth des Palazzo zurück zu Licht und Musik. Als sie in den Salon traten, stellten sie fest, dass inzwischen noch mehr Leute gekommen waren und die Musik lauter spielte, passend zum fröhlichen Stimmengewirr.

Brunetti sah sich um, angewidert und gelangweilt beim Anblick dieser gutgekleideten, gutgenährten und gutinformierten Leute. Er merkte, dass Paola seine Gedanken erriet und gleich vorschlagen würde zu gehen, da sah er ein bekanntes Gesicht.

Venezianisches Finale 12/163–164

Hass

Hass kam ebenso ungerufen wie Liebe und tat, was er wollte. *Endlich mein* 10/94

Hausmeister

Stand der Hausmeister vielleicht im Dienst der Mafia? Wenn man den Zeitungen glaubte, war das bei jedem Zweiten der Fall, der bei der Polizei arbeitete, warum also nicht beim Hausmeister? *Acqua alta* 12/160

Heilige

»Nur Heilige sterben«, sagte Brunetti.

»Was?«

»Nur Heilige sterben. In Nachrufen ist jeder ein Heiliger; alles andere wird nicht erwähnt.«

»Da haben Sie allerdings recht«, sagte sie und klickte die Seite weg. »Wie machen wir weiter?«

Das goldene Ei 23/250

Heiliger Gral

Vor kurzem hatte er im *Gazzettino* einen Artikel über die Drangsal gelesen, die weibliche Pflegekräfte aus dem Osten von Seiten ihrer männlichen Arbeitgeber oder Patienten erlitten. Viele dieser Greise, oft schon über neunzig Jahre alt, machten den zumeist jungen Frauen sexuelle Avancen und drohten mit Anzeigen wegen Diebstahls oder Misshandlung, wenn diese sich sträubten, ihnen zu Willen zu sein. Sex mit den jungen Frauen würde die Greise zweifellos beglücken, aber das machte dieses Glück noch lange nicht zu einem Heiligen Gral, etwas, das jedermann gutheißen musste.

Ein Sohn ist uns gegeben 15/156

Henry James und Mord

In all den Jahren hatte Paola an Brunettis Arbeit nie Kritik geübt, sondern sich immer interessiert gezeigt, als Frau an seiner Seite, die ihm zuhörte, wenn er von den Greueln sprach, die er gesehen hatte, von den Folgen der Gewalt, die so dicht unter der Oberfläche des menschlichen Verhaltens schlummert. Sie hatte zugehört, wenn er von Mord, Vergewaltigung, Brandstiftung und Körperverletzung erzählte, und ihm nicht selten durch Fragen nach weiteren Einzelheiten zu neuen Einsichten und Perspektiven verholfen.

Und wie viel Interesse hatte im Gegenzug er an ihrer Arbeit bekundet? Ihre Leidenschaft für Henry James hatte er zu einem Dauerwitz zwischen ihnen gemacht, aber selbst nur wenige seiner Bücher gelesen. Mord war was für echte Männer, Bücher waren etwas für das schwache Geschlecht. Und jetzt konnte er es nicht mehr ertragen, und sie ermutigte ihn wegzulaufen.

Stille Wasser 3/33

Herbst

Die Schönheit des Tags weckte Brunetti aus seinen Grübeleien. Scharfer Geruch brennenden Laubs entführte ihn in längst vergangene Zeiten, als er und sein Bruder in spätherbstlicher Freiheit auf den Inseln der *laguna* herumstromerten, den Bauern bei der letzten Ernte des Jahres halfen und von unbändigem Stolz erfüllt ihren Lohn – Tüten voller Obst und Gemüse – nach Hause trugen. *Reiches Erbe* 6/58

Herkules

»Ja. Geh schlafen. Ich wecke dich, wenn ich zurück bin«, sagte Brunetti, auch wenn er wusste, dass nicht einmal Herkules, wäre es seine dreizehnte Aufgabe, Paola wecken konnte, wenn sie erst einmal in den Schlummer gefallen war. *Ein Sohn ist uns gegeben* 19/206

Hi!Tide

Als Brunetti am Rialto ins Vaporetto stieg, stand das Wasser ziemlich hoch, aber auf seinem *telefonino* war keine Warnung vor *acqua alta* eingegangen. Höhere Wasserstände zu ungewöhnlichen Zeiten hatten in den letzten zwei Jahren zugenommen; die meisten Venezianer – und alle Fischer – hielten dies für Auswirkungen des MOSE-Projekts mit seinen gewaltigen Baumaßnahmen am Eingang der *laguna*, was jedoch von amtlicher Seite hartnäckig bestritten wurde.

Tierische Profite 23/208

Himmel

»Es geht um die Gepäckdiebstähle am Flughafen«, sagte Patta.

Brunetti spritzte mentales Botox in sein Lächeln und nickte, während er innerlich zu Sant' Antonio betete, dem Wiederbringer verlorener Dinge und Schutzpatron der hoffnungslosen Fälle. »Heiliger Antonius, nimm diese Last von meinen Schultern, und ich werde dir immer und ewig dankbar sein, Amen.« Seine Mutter hatte ihm beigebracht, es sei unanständig, mit den Heiligen zu feilschen, ihre Dienste gegen Gebete oder gute Taten einzufordern. »Bedank dich einfach nur«, hatte sie dem kleinen Guido geraten. »Schließlich sind sie schon im Himmel. Was können sie mehr verlangen?«

Heimliche Versuchung 26/277

Himmel auf Erden

Während Paola und Brunetti am Wasser entlanggingen, sprachen sie nur wenig. Bevor sie nach rechts in den Durchgang einbogen, drehten sie sich noch einmal nach dem Mond um, dessen Spiegelbild jeden Augenblick unter die Brücke zu gleiten schien.

»Wir leben im Paradies, stimmt's?«, sagte Paola.

Endlich mein 8/75

Himmel und Hölle

»Ich weiß immer noch nicht, worauf du hinauswillst«, sagte Brunetti.

»Denk eschatologisch, Guido«, versetzte Paola eindringlich und verwirrte ihn damit nur noch mehr.

»Danach trachte ich von früh bis spät.« In Wirklichkeit war ihm die Bedeutung des Wortes entfallen, aber es tat ihm sehr leid, dass er sie angefahren hatte.

»Tod, Jüngstes Gericht, Himmel und Hölle«, zählte sie auf. »Die vier letzten Dinge. An dem Punkt, wo der Mensch auf das erste trifft und weiß, dass er dem zweiten nicht entkommen kann, beginnt er über das dritte und vierte nachzudenken.

Und dann erscheint der Priester und füttert ihn mit beredten Schilderungen vom Fegefeuer und den himmlischen Freuden, wobei ich immer den Eindruck hatte, dass die Leute viel mehr bestrebt sind, Ersteres zu meiden, als von Letzteren zu kosten.«

Beweise, dass es böse ist 12/158

Die Nachwirkungen dieser fünf Jahre hatten Brunettis Kindheit schmerzlich überschattet, denn sein Vater neigte nach dem Krieg zu unmotivierten Wutausbrüchen. Eine zufällige Bemerkung, eine Geste, ein Buch, das auf dem Küchentisch lag: Jede Kleinigkeit konnte ihn in eine Raserei versetzen, gegen die nur Brunettis Mutter etwas auszurichten vermochte. Als ob sie mit den Heiligen im Bunde sei, gelang ihr das einfach dadurch, dass sie ihm die Hand auf den Arm legte: Selbst die kleinste Berührung genügte, um ihn aus egal welcher Hölle, in die er gestürzt war, zurückzuholen.

Die dunkle Stunde der Serenissima 9/93

Historische Wahrheit

»Da wir während des Krieges die Seiten gewechselt hatten, müssen sie wahrscheinlich gut aufpassen, wen sie als die Bösen und wen als die Guten hinstellen«, sagte Paola.

»Wer sind *sie*?«, fragte Brunetti.

»Die Verfasser der Geschichtsbücher. Oder eigentlich die Politiker, die bestimmen, wer die Geschichtsbücher schreiben darf, ich meine die für die Schulen.«

»Und wo bleibt die schlichte historische Wahrheit?«, fragte Brunetti. *Das Gesetz der Lagune* 9/97

Hitze

Brunetti ging wieder nach oben in sein Büro und merkte dabei, wie sich die Hitze breitmachte und ohne Rücksicht auf dicke Mauern und Marmorböden jede Ecke und Ritze des Gebäudes in Besitz nahm. Hinzu kam eine drückende Feuchtigkeit, die das Papier wellte und es an den Händen festkleben ließ. Die Fenster standen offen, und Brunetti stellte sich davor, aber es kam nur noch mehr feuchtheiße Hitze herein, und jetzt, bei Ebbe, drang der allzeit unter dem Wasser lauernde Gestank der Verwesung sogar hierher, bis dicht an den breiten Canale di San Marco. So stand er am Fenster, während der Schweiß ihm Hemd und Hose rund um den Gürtel durchnässte, und dachte an die Berge bei Bozen und an die dicken Daunendecken, unter denen sie dort in den Augustnächten immer schliefen.

Venezianische Scharade 11/121–122

Hochwürdiger Doge

»Was hat sie dir erzählt?«

»Er ist der Nachkomme eines Dogen, der im siebzehnten Jahrhundert fünfunddreißig Tage lang an der Macht war, und sie ist stolz darauf, seine Kundin zu sein.« Griffoni schnaubte ungläubig. »Wir in Neapel sind auch verrückt nach Titeln, aber das ist nichts im Vergleich zu dem, wie die Leute hier sich aufführen.«

»Vielleicht liegt es an der Kopfbedeckung«, meinte Brunetti, ohne eine Miene zu verziehen.

Griffoni blieb stehen, sah ihn an und lachte. »Du bist der erste Venezianer, dem nicht die Augen aus den Höhlen treten und der sich nicht überschlägt vor Bewunderung, wenn von einem Dogen die Rede ist. Bist du auch ganz bestimmt ein echter Venezianer?«

Heimliche Versuchung 21/214–215

Home, sweet home

Sein Zuhause war Paola, davon war er aus tiefstem Herzen überzeugt. *Stille Wasser* 3/31

Oben in seiner Wohnung angekommen, fand Brunetti, was er suchte: Wärme, den Duft einer frisch geschälten Mandarine und die Gewissheit, dass Paola und die Kinder zu Hause waren. *Acqua alta* 6/79

Einige Minuten später, wieder außer Atem von den über neunzig Stufen zu seiner Wohnung, schloss er die Tür auf und wurde von einem Düftegemisch begrüßt, das seine Seele wärmte und ihm von Heim, Herd, Familie und Freude sang. *Sanft entschlafen* 2/50–51

Hunde

Langsam tauchte erst der Kopf und dann der Rumpf des wohl schönsten Hundes auf, den Brunetti je gesehen hatte. Poppi war ein Golden Retriever, und obwohl der Commissario wusste, dass dies die derzeit gängige Moderasse war, tat das seiner Bewunderung keinen Abbruch.

Beweise, dass es böse ist 10/133

Brunetti hakte sich bei Paola unter und passte seine langen Schritte ihren an. Vor ihnen zerrte eine Frau an der Leine eines äußerst unruhigen Hundes, den er für eine Dänische Dogge hielt. Erst als sie näher kamen, identifizierte Brunetti das Tier als Irischen Wolfshund.

Er drückte Paolas Arm, um sie darauf aufmerksam zu machen. »Was um Gottes willen macht sie mit so einem großen Hund?«, fragte er.

»Vielleicht reiten ihre Kinder darauf«, antwortete seine stets praktisch denkende Frau.

Ein Sohn ist uns gegeben 17/179

Hydra

Brunetti hatte zusehen müssen, wie die Mafia und ihre engen Verwandten, die ’Ndrangheta und die Camorra, immer mehr Macht erlangt und sich immer weiter aus der Verborgenheit hervorgewagt hatten, bis sie zum Hauptakteur in der Welt des Verbrechens geworden waren. Wie dieser französische Adlige in dem Buch, das er als Junge gelesen hatte – *Die scharlachrote Blume*. Er versuchte sich an das Spottlied über die Leute zu erinnern, die den Übeltäter aufzuspüren und zu vernichten trachteten: »Sie suchen hier, sie suchen dort, ganz Frankreich sucht ihn immerfort.«

Oder war Herkules’ Kampf mit der Hydra ein besseres Bild: Kaum war ein Kopf abgeschlagen, wuchsen zwei neue nach? *Schöner Schein* 15/185

Ideale der Jugend

»Erwartest du von mir, dass ich jetzt mit bebender Stimme sage: ›Irgendwer muss es wenigstens versuchen‹?«

Paola klappte ihr Buch zu und legte es auf den Nachttisch. Offenbar dachte sie über seine Frage ernsthaft nach und antwortete schließlich: »Der Mann, den ich geheiratet habe, würde das sagen.«

»Antigone sagt es und wird dafür in eine Höhle gesperrt, wo sie sich erhängt«, gab Brunetti zurück.

»Der Mann, den ich geheiratet habe, würde das sagen«, wiederholte Paola. (…)

Brunetti legte das Buch mit den Seiten nach unten auf seinen Bauch. (…)

»Ja, der würde das sagen«, willigte er schließlich ein. Er nahm sein Buch und las weiter, gespannt, nach zwanzig Jahren noch einmal zu hören, was Antigone über die Pflicht zur Gesetzestreue zu sagen hatte. Was für eine Wohltat, nachdem er die letzten zwanzig Jahre von Leuten umstellt gewesen war, die nichts anderes im Sinn hatten, als das Gesetz auszutricksen.

Heimliche Versuchung 22/228–229

Immobilien

Alle redeten dauernd vom bevorstehenden Untergang der Stadt, und doch verdoppelten sich die Kaufpreise für Wohnungen alle paar Jahre, und die Mieten kletterten immer weiter über das hinaus, was der Durchschnittsverdiener noch bezahlen konnte. Aber die Venezianer hatten Immobilien schon zur Zeit der Kreuzzüge gekauft und verkauft, während der Pest und allerlei Besetzungen durch fremde Heere; da konnte man wohl sicher sein, dass sie es auch weiterhin tun würden, egal was für Ökokatastrophen sie erwarteten.

Venezianische Scharade 14/162

In Ewigkeit verbunden

Seine Mutter war nach dem Tode ihres Mannes oft nach San Michele herausgekommen, um sich mit ihm zu besprechen, und das, obwohl er ihr zu Lebzeiten bei keiner Entscheidung sonderlich geholfen hatte. Einmal hatte Brunetti sie darauf angesprochen, aber sie sagte nur, es täte ihr gut, sich hin und wieder jemandem nahe zu fühlen. Jahre vergingen, bevor er die harsche Kritik, die hinter dieser Bemerkung steckte, annahm, aber da war seine Mutter schon jeglicher Liebe und Fürsorge entglitten und abgedriftet in die Gefilde der Senilen und geistig Verwirrten, und so hatte er sie nie um Verzeihung bitten oder Wiedergutmachung leisten können.

Die dunkle Stunde der Serenissima 21/276–277

In memoriam

Anschließend konnten sie zu zweit – oder, falls die Kinder mitwollten, zu viert – spazieren gehen: vielleicht entlang der Zattere oder in den Giardini, wo die Sonne schien? Hauptsache, es wurde ein langer Spaziergang, der Brunetti Gelegenheit gab, die Orte aufzusuchen, die ihn an seine Mutter erinnerten, in einem ihrer Lieblingsläden eine Kleinigkeit zu kaufen und vielleicht in der Frari-Kirche eine Kerze vor der Himmelfahrt Mariens anzuzünden, einem Gemälde, das ihr immer besonders lieb gewesen war.

Das Boot erreichte den Anleger. »Was bleibt, sind nur …«, begann er und stockte, weil er nicht weiterwusste.

»Was bleibt, sind die guten Erinnerungen an sie«, ergänzte Paola. Ja, genau so war es.

Das Mädchen seiner Träume 1/14–15

Bis nach San Pietro in Castello trugen ihn seine Füße, wo er eine Kerze für das Seelenheil seiner Mutter anzündete, was seiner eigenen Seele mindestens ebenso guttat wie das Glas Wein in der Bar.

Heimliche Versuchung 5/50

Inselurlaub

Wenn er nass würde, würde er nass; wenn ein Meeresungeheuer ihn angriff, würde er es mit seinem Ruder in die Flucht schlagen, anschließend in seine Junggesellenbude zurückkehren, die tagsüber eigenhändig geangelten Fische zubereiten und zu einem Glas Landwein verspeisen, danach mit einem kleinen Glas Grappa in der Dämmerung sitzen und dem Gezwitscher der Sumpfvögel lauschen, die sich zum Schlafen anschickten, und dann würde er selbst zu Bett gehen und jenen traumlosen Schlaf finden, den man dem einfachen Leben und stundenlangem Rudern unter der Sonne verdankte.

Stille Wasser 5/57

Italienische Bürokratie

Die Mühlen der Götter mahlen außerordentlich langsam; die der italienischen Bürokratie jedoch sind zu enormem Tempo fähig, je nachdem, von wem sie in Gang gesetzt werden. Im Falle eines Anwalts für Seerecht, der nicht nur der Bruder eines Marchese war, sondern auch mehrere Admirale zu seinen Freunden zählte – von denen einer für den zusätzlichen goldenen Streifen auf Capitano Alaimos Rangabzeichen gesorgt hatte –, kam die an eben diesen Capitano gerichtete Bitte um einen Gefallen einem Befehl gleich. Und so wurde Brunettis Anruf unverzüglich zu dem Capitano durchgestellt, und dieser erklärte dem Commissario, er sei herzlich willkommen, wenn er ihn noch am heutigen Nachmittag besuchen wolle. Lieber morgen Vormittag? Jederzeit. Um elf? Perfekt.

Flüchtiges Begehren, 11/121

Jedem das Seine

Er las, Paola las, die Kinder lasen, doch er wusste auch, wie selten er Gelegenheit fand, über Bücher zu sprechen mit jemandem, der ernsthaft daran interessiert war.

Und schon rief er sich streng zur Ordnung. Da war er wieder mit seiner Annahme, andere Menschen müssten doch genauso denken wie er; seine Ansichten müssten universelle Geltung haben. Doch was dem einen Nahrung ist, ist einem anderen bitteres Gift – das wusste schon Lukrez: eine Lektion, die Brunetti zeit seines Lebens zu lernen versucht hatte. *Das goldene Ei* 12/122

Jugend von heute

»Schrecklich, nicht? Das mit diesem Jungen?«, sagte eine Frau am Tresen zum Wirt und wies mit der Hand auf Brunettis Zeitung. Kopfschüttelnd biss sie in ihre Brioche.

»Was ist nur mit der heutigen Jugend los? Denen wird doch so viel geboten. Wieso sind sie immer noch unzufrieden?«, fragte eine zweite Frau.

»Weil die Eltern sich nicht genug um sie kümmern«, behauptete wie aufs Stichwort eine dritte, ungefähr im gleichen Alter und mit klimakteriumsrot gefärbtem Haar. Klirrend setzte sie ihre Kaffeetasse auf die Untertasse. »Ich bin seinerzeit zu Hause geblieben und habe meine Kinder selber großgezogen, darum ist bei uns auch nie so was passiert.«

Ein Zuhörer aus einem fremden Kulturkreis hätte den Eindruck gewinnen können, Kindern berufstätiger Mütter bliebe hierzulande nur der Weg in den Selbstmord. Die drei Frauen schüttelten einmütig den Kopf über diesen neuerlichen Beweis für die Undankbarkeit der Jugend und die Verantwortungslosigkeit aller Eltern, sie selbst ausgenommen.

Verschwiegene Kanäle 10/107

Jugoslawien

Im Winter sieht es völlig anders aus. Allzu oft weht da der Wind aus dem ehemaligen Jugoslawien über die Adria hinüber, treibt Regen oder leichten Schnee vor sich her und beißt sich jedem in die Knochen, der sich im Freien aufzuhalten versucht, und sei es auch nur kurz. *Das Gesetz der Lagune* 1/9

Vor ihnen lag eine mäßig bewegte Adria; die dunklen Pünktchen in mittlerer Ferne waren Tanker und Frachtschiffe. Weit dahinter klaffte die offene Wunde der früheren Republik Jugoslawien. *Das Gesetz der Lagune* 5/56

Kampf gegen das Alter

Ratti war vielleicht Anfang fünfzig, bemühte sich aber, diese Tatsache so gut wie möglich zu vertuschen. Dabei wurde er durch einen Barbier unterstützt, der ihm die Haare so kurz geschnitten hatte, dass man das Grau für Blond halten konnte. Ein Gianni-Versace-Anzug aus taubengrauer Seide betonte sein jugendliches Aussehen ebenso wie das burgunderrote Seidenhemd mit offenem Kragen. Seine Schuhe, die er ohne Socken trug, hatten dieselbe Farbe wie sein Hemd und waren aus Flechtleder, das nur aus der Bottega Veneta stammen konnte. Jemand musste ihn darauf hingewiesen haben, dass die Haut unter seinem Kinn etwas schlaff war, denn er hatte einen weißen Krawattenschal umgebunden und hielt das Kinn so angestrengt hoch, als hätte ihm ein schlampiger Optiker die Gläser einer Bifokalbrille falsch herum eingesetzt.

Wenn der Professore einen hinhaltenden Kampf gegen sein Alter führte, war es bei seiner Frau eine offene Feldschlacht.

Ihre Haarfarbe hatte gespenstische Ähnlichkeit mit der Hemdfarbe ihres Mannes, und ihr Gesicht war von jener Straffheit, die einzig der Blüte der Jugend oder den geschickten Händen eines Chirurgen zu verdanken ist.

Spindeldürr, wie sie war, trug sie ein weißes Leinenkostüm, dessen Jacke offenstand, um eine smaragdgrüne Seidenbluse zur Schau zu stellen.

Venezianische Scharade 23/286

Ihr breites Lächeln ließ die Strichcode-Fältchen über ihren Lippen verschwinden. *Ewige Jugend* 15/163

Kanäle

Als Brunetti ein Junge war, hatte man die Kanäle ständig gereinigt, und das Wasser war so sauber gewesen, dass man darin schwimmen konnte. Heute war die Reinigung eines Kanals ein großes Ereignis und kam so selten vor, dass sie mit Schlagzeilen bedacht und den Stadtoberen als besonderes Verdienst angerechnet wurde. Und den Kontakt mit dem Wasser würde manch einer vielleicht nicht überleben. *Nobiltà* 12/130

»Früher, als Junge«, sagte Montisi ohne Einleitung, »bin ich vor unserm Haus geschwommen. Direkt in den Canale di Cannaregio gesprungen. Da konnte man bis auf den Grund sehen. Fische, Krebse. Jetzt sieht man nur noch Schlamm und Scheiße.«

Vianello und Brunetti wechselten wieder einen Blick.

»Wer einen Fisch aus diesem Wasser isst, muss verrückt sein«, sagte Montisi. *Sanft entschlafen* 3/69

Karawanen

Nun, da einige Länder der Dritten Welt sich nicht mehr als Müllhalden für die Erste zur Verfügung stellen wollten, waren die Industrienationen gezwungen, Entsorgungssysteme zu entwickeln, viele davon ruinös teuer. Als Folge davon fuhren ganze Karawanen von Geisterlastzügen mit gefälschten Papieren auf der italienischen Halbinsel auf und ab und suchten und fanden Plätze, wo sie ihre tödlichen Ladungen loswerden konnten. Oder Schiffe liefen von Genua oder Tarent aus, die Laderäume voller Fässer mit Lösungsmitteln und anderen Chemikalien und weiß der Himmel was sonst noch, und wenn sie in ihrem Bestimmungshafen ankamen, waren die Fässer nicht mehr an Bord, als ob der Gott, der ihren Inhalt kannte, sich entschlossen hätte, sie zu sich zu nehmen. *Endstation Venedig* 17/260

Kasino

Brunetti und Paola gingen wieder hinein, hielten sich aber hinter den dicht umlagerten Tischen; beide interessierten sich mehr für die Spieler selbst als für ihre Gewinne oder Verluste. Der junge Mann schien an den Tisch gefesselt wie die heilige Katharina von Alexandrien aufs Rad. Brunetti fand den Anblick so unendlich traurig, dass er es kaum mehr ertragen konnte.

Was wollte der Junge hier? Er sollte Mädchen nachlaufen, irgendeine Fußballmannschaft anfeuern oder einer wilden Rockband zujubeln, auf Berge steigen, etwas tun – irgendetwas Ausschweifendes, Überstürztes und Törichtes, das seine jugendlichen Kräfte aufbrauchte und schöne Erinnerungen hinterließ.

Schöner Schein 12/129

Katzen

Eigenwillige Tiere, diese Katzen, und äußerst unabhängig. Wäre Paola nicht allergisch, hätten sie selbst eine, vielleicht zwei. Unwillkürlich murmelte er eine Zeile des Dichters Christopher Smart vor sich hin: »Denn sie dient Kindern, die Sanftmut zu erlernen.« Genau so ist es, dachte Brunetti. *Das goldene Ei* 5/46

Brunetti stand auf und ging ans Fenster, wo seine Aufmerksamkeit auf den Campo San Lorenzo gelenkt wurde, denn irgendwelche Leute – vielleicht die alten Männer aus dem Pflegeheim – hatten dort mehrgeschossige Schutzhütten für die streunenden Katzen gebaut, die seit Jahren den Campo bevölkerten. Er fragte sich, auf welche Katzengeneration er wohl heute hinunterblickte und wie sie mit jenen Katzen verwandt waren, die er dort schon gesehen hatte, als er vor über zehn Jahren zum ersten Mal in die Questura gekommen war.

Das Gesetz der Lagune 20/224

Käuflichkeit

So vieles hatte sich verändert: Die heutigen Kaufleute verkehrten miteinander über diese grässlichen *telefonini,* nicht mehr mit Segelschiffen. Die Luft stank nach den Auto- und Industrieabgasen, die vom Festland herüberwehten; kein Seewind schien in der Lage, die Stadt einmal richtig sauber zu blasen. Das Einzige, was die Zeit unangetastet gelassen hatte, war das tausendjährige Erbe der Käuflichkeit, und Brunetti fühlte sich bei dem Gedanken immer etwas unbehaglich, weil er sich nicht entscheiden konnte, ob er das gut oder schlecht finden sollte. *Sanft entschlafen* 3/64

Kekse tunken

Als Paola einen weiteren Schluck genommen hatte, fischte Brunetti einen Keks aus der Tüte und tunkte ihn in den Kaffee.

»Du bist abscheulich«, sagte sie und lächelte dann.

»Ein Bauer eben«, stimmte er zu und steckte den Keks in den Mund.

Paola redete nie viel darüber, wie es gewesen war, in einem Palazzo aufzuwachsen, mit englischem Kindermädchen und einem Heer dienstbarer Geister, aber wenn er überhaupt etwas über diese Jahre wusste, dann immerhin so viel, dass sie nie hatte eintunken dürfen. Er sah das als großen Fehler in ihrer Erziehung an und bestand darauf, dass ihre Kinder es durften. Sie hatte sich, wenn auch sehr zögernd, einverstanden erklärt. Keines ihrer Kinder zeigte, worauf er nie hinzuweisen versäumte, ernste Anzeichen moralischen oder psychischen Verfalls. *Venezianisches Finale* 10/141–142

Kidnapping

Brunetti hatte Entführung schon immer als das scheußlichste aller Verbrechen angesehen, nicht nur, weil er zwei Kinder hatte, sondern weil es eine Schande für die Menschheit war, wenn ein willkürlicher Preis auf ein Leben gesetzt und dieses Leben einfach ausgelöscht wurde, wenn der Preis nicht bezahlt wurde.

Nobiltà 4/35

Kinder

»Wir denken immer, wir haben Babys«, sagte Paola. »Aber das stimmt nicht: Sie sind groß, auch wenn wir uns ein Leben lang Gedanken um sie machen. Das hört niemals auf.« *Endlich mein* 8/72

Gestern hatte Brunetti die *Orestie* beendet, die er seit langem nicht mehr gelesen hatte; jetzt ging er in Paolas Arbeitszimmer und durchsuchte die Regale mit seinen Büchern nach neuer Lektüre. Er beschloss, beim Drama zu bleiben, und ließ seinen Blick über die Buchrücken schweifen. Während er Professoressa Croseras heillose Angst um ihren Sohn immer mehr nachempfand, fiel ihm auf, wie sehr schon die alten Griechen um ihre Kinder gebangt hatten; die meisten Schauspiele schienen sich um das Unheil zu drehen, das Kinder über ihre Eltern brachten. Beziehungsweise, musste er sich eingestehen, Eltern über ihre Kinder.

Heimliche Versuchung 5/51

Kippfigur

Auf dem Heimweg musste Brunetti darüber nachdenken, wie nah er schon daran gewesen war, mit der Frau diesen Kontakt herzustellen, den er manchmal zu einem Zeugen oder Verdächtigen schaffen konnte, diesen heiklen Punkt zu erreichen, an dem ein zufälliger Satz, ein zufälliges Wort einen Menschen plötzlich dazu brachte, etwas preiszugeben, was er eigentlich hatte verschweigen wollen. *Vendetta* 22/248

Sobald der Beschuldigte sich im Glauben wähnte, er habe die Sympathie des Fragestellers errungen, und diesem im Gegenzug sein Vertrauen schenkte, war er bereit, sogar Verbrechen zu gestehen, die man ihm noch gar nicht zur Last gelegt hatte. Ja, fast schien es, als schlügen die Betroffenen jede Vorsicht in den Wind, nur um sich das Wohlwollen ihres Zuhörers zu sichern.

Lasset die Kinder zu mir kommen 22/296

Kirche

Signorina Elettra blickte lächelnd auf. »Wir leben in Italien, Commissario.«

»Und das heißt?«

»Dass wir alle, ob es uns gefällt oder nicht, mit der Kirche zu tun haben.« *Tod zwischen den Zeilen* 5/69–70

Klatsch

Zweifellos wäre auch alles so geblieben, wenn nicht der mächtige Hausgott Venedigs, ja aller Städte und Gemeinwesen, dazwischengefunkt hätte: der Klatsch.

Beweise, dass es böse ist 3/28

Der Contessa brauchte bestimmt niemand zu sagen, dass Klatsch ebenso oft auf felsenharter Wahrheit gründete. *Sanft entschlafen* 6/125

»In einer Stadt, wo Klatsch die Lymphe des Gemeinwesens ist«, dozierte Paola, »hat Barmherzigkeit Seltenheitswert.« *Ein Sohn ist uns gegeben* 16/176

Brunetti fügte, da sie früher einmal gemeinsam, wenn auch erfolglos, an einem Fall gearbeitet hatten, seine eigene Meinung an, die nicht sehr schmeichelhaft war und zum größten Teil auf Klatsch und Unterstellungen beruhte, den venezianischen Zwillingen der Wahrheit.

Geheime Quellen 22/246

Er hatte eine Menge Informationen über den Mann, aber alles war merkwürdig unscharf, zu förmlich und unpersönlich. (...) Die Quellen von Interpol standen ihm zur Verfügung, er hatte die volle Unterstützung der deutschen Polizei, und durch seine Position konnte er die Hilfe des gesamten italienischen Polizeiapparates in Anspruch nehmen. Da lag es doch auf der Hand, dass der verlässlichste Weg zu einem genauen Bild des Mannes über die unfehlbare Quelle aller Informationen führte – den Klatsch. *Venezianisches Finale* 10/119

Kleiner Gefallen

Brunetti sah die Gefälligkeiten, die er schuldete oder sich verdient hatte, wie einen Satz Spielkarten, der vom vielen Gebrauch schon ganz fettig und abgegriffen war: Du sagst mir dies, ich sage dir das; du gibst mir das eine, ich zahle es dir mit dem anderen zurück; du schreibst für meinen Vetter einen Empfehlungsbrief, und ich sorge dafür, dass dein Antrag auf Zuteilung eines Liegeplatzes für dein Boot ganz oben auf den Stapel kommt.

Das Gesetz der Lagune 22/257

Der Pathologe schwieg so lange, dass Brunetti schon glaubte, er habe aufgelegt. Dann aber sagte er: »Ich muss dich enttäuschen, Guido. Der Einzige, den ich im Archiv gekannt habe – und zwar gut genug, ihn um einen solchen Gefallen zu bitten –, ist voriges Jahr in Rente gegangen. Jetzt ist da niemand mehr, der bei so einem Regelverstoß mitmachen würde.«

»Trotzdem danke, Ettore«, sagte Brunetti. »Bald werden wir wie in Schweden arbeiten.«

»Ich weiß«, antwortete Rizzardi. »Eine schreckliche Vorstellung.«

Ewige Jugend 9/106–107

Klimaanlagen

Brunetti stammte von armen Leuten ab, schicksalsergebenen Menschen, die sich in das Klima der Gegend fügten, in die sie hineingeboren waren. Den Sommer verbrachte man eben in Alberoni, dort gab es Dünen, wo man herumtoben konnte, sauberes Meerwasser, Wellen, von denen man sich forttragen lassen konnte, es gab reichlich Gelegenheit, sich mit Freunden am Strand die Zeit zu vertreiben, zwischen den Steinen Krebse zu fangen oder bei Ebbe Muscheln auszugraben. Zu Hause ließ man alle Fenster offen, versteckte sich unter der Decke vor den Mücken und wartete, bis im August der erste Regen die entsetzliche Hitze vertrieb und das Leben wieder erträglicher machte.

Klimaanlagen gab es nur in den Hotels, wo man heimlich die Toilette benutzte, Hotels mit separaten Umkleidehäuschen, unter deren Bretterböden man nach verlorenen Münzen buddelte. Die Vaporetti waren nicht klimatisiert, allenfalls Taxis und private Boote. Und so hielt es der Commissario bis heute. Die Brunettis ließen gegen die Hitze wie eh und je alle Fenster offen und gegen die Mücken die ganze Nacht den Insektenschutz brennen. *Geheime Quellen* 6/60–61

Kluft zwischen Mann und Frau

Nach einer kleinen Pause fuhr Paola fort: »Ich bin mir nicht sicher, ob das etwas mit dem zu tun hat, worüber wir sprechen, aber ich glaube, ein anderer Grund für die Kluft, die uns trennt – nicht nur dich und mich, Guido, sondern alle Männer und alle Frauen –, ist der, dass die Vorstellung, Sex könne manchmal auch etwas Unangenehmes sein, für die meisten Männer undenkbar, für alle Frauen aber sehr real ist.« Als sie sah, dass er aufbegehren wollte, sagte sie: »Guido, es gibt keine Frau, die auch nur eine Sekunde lang glaubt, Pädophile liebten Kinder. Sie begehren sie oder wollen sie beherrschen, aber das hat beides nichts mit Liebe zu tun.«

Er hielt den Blick gesenkt; sie sah es, als sie zu ihm hinüberschaute. »Das war also das Zweite, was ich dir sagen wollte, mein lieber Guido, den ich von ganzem Herzen liebe. So sehen wir Frauen es, die meisten Frauen: dass Liebe niemals etwas mit bloßer Begierde und mit Beherrschen zu tun hat.«

In Sachen Signora Brunetti 5/57

»Wozu gebraucht ihr Huren?« Und bevor Brunetti sie missverstehen konnte, formulierte Paola die Frage deutlicher: »Ich meine Männer überhaupt, nicht dich. Männer allgemein.«

Er hob ihre ineinander verschlungenen Hände in die Höhe und wedelte ziellos damit in der Luft herum. »Sex ohne Zwänge, denke ich. Keine Bindungen, keine Verpflichtungen. Keine Rücksichten.«

»Klingt nicht sehr verlockend«, sagte Paola, dann fügte sie hinzu: »Aber Frauen möchten Sex wohl immer romantisch verklären.«

»Das stimmt allerdings«, sagte Brunetti.

Vendetta 22/259

Kolumbus in Venedig

Wie vielen anderen Venezianern machte es Brunetti immer wieder Spaß, etwas zu entdecken, was er noch nie gesehen hatte. Im Lauf der Jahre hatte er ein System ausgearbeitet, das ihm für jede Neuentdeckung eine Belohnung versprach: Ein Fenster brachte ihm einen Kaffee ein; die Statue eines Heiligen, mochte sie auch noch so unscheinbar sein, ein Glas Wein; und einmal, vor Jahren, hatte er an einer Mauer, an der er seit seiner Kindheit mindestens fünfmal die Woche vorbeiging, eine Steintafel entdeckt, die an den Sitz der Aldus-Presse erinnerte, des ältesten italienischen Verlagshauses, gegründet im vierzehnten Jahrhundert. Damals war er schnurstracks in eine Bar am Campo San Luca gegangen und hatte sich einen Brandy Alexander bestellt.

Endstation Venedig 12/178–179

Komplizinnen

»Als ich wusste, dass ich dich nun mal sehr gern hatte, und merkte, wie wichtig dir Essen ist, fand ich es an der Zeit, kochen zu lernen«, sagte Paola. (…)

»Von wem?«, fragte Brunetti.

»Damiano. Er kocht sehr gut, wie du weißt. Außerdem von meiner Mutter. Und nachdem wir verlobt waren, auch von deiner.«

»Meine Mutter hat dir Kochen beigebracht?« Paola nickte, und Brunetti sagte: »Sie hat mir nie etwas davon erzählt.«

»Das habe ich mir auch von ihr versprechen lassen.«

»Warum?«

»Ich weiß auch nicht, Guido«, log sie ganz offensichtlich.

Er schwieg, denn er wusste aus langer Erfahrung, dass sie es ihm gleich erklären würde. »Wahrscheinlich wollte ich bei dir den Eindruck erwecken, dass ich alles kann, sogar kochen.« *Nobiltà* 13/139–140

Körperteile

Obwohl er katholisch erzogen worden war, hatte Brunetti sich nie sehr für Religion interessiert und konnte die verschiedenen Heiligen nur mit Mühe auseinanderhalten, etwa so, wie es den Heiden seiner Ansicht nach schwergefallen sein musste, immer zu wissen, welche Gottheit wofür zuständig war. Außerdem hatte er stets den Eindruck gehabt, dass die Heiligen einfach zu viel Zeit damit vertaten, die verschiedensten Körperteile zu verlieren: Augen, Brüste, Arme, und jetzt bei der heiligen Barbara den Kopf. *Endstation Venedig* 11/172

Kräne

Beim Anblick der starr und eckig dastehenden Kräne fiel Brunetti auf, wie selten er diese Dinger in Bewegung sah. Zwei davon standen nach wie vor über der leeren Hülse des Opernhauses, so erstarrt wie alle bisherigen Versuche, es wiederaufzubauen. Wenn er an die prahlerischen Worte auf der Titelseite des *Gazzettino* am Tag nach dem Brand dachte, das Theater werde in zwei Jahren wieder so dastehen wie vorher, wusste er nicht, ob er lachen oder weinen sollte, und das wusste er schon seit über zwei Jahren nicht. *Das Gesetz der Lagune* 6/60

Wie einer, der es nicht lassen kann, mit der Zunge einen schmerzenden Zahn zu betasten, konnte Brunetti den Blick nicht von dem Wald aus Kränen und Schornsteinen wenden, den Schwaden verdreckter Luft, die übers Wasser der Lagune auf die Stadt zutrieben, aus der er gerade kam. *Venezianisches Finale* 21/293

Kreon

So, wie sie den Namen des Tenente aussprach, fühlte Brunetti sich an eine Bemerkung Kreons erinnert: »Einmal Feind, niemals Freund, über den Tod hinaus.«

Heimliche Versuchung 26/280

Kreuzfahrtschiffe

Als Brunetti und Foa ins *bacino* zurückgesetzt hatten und geradeaus sehen konnten, stöhnten sie beide unwillkürlich auf. (…) Vor ihnen ragte das Heck eines der neuesten und größten Kreuzfahrtschiffe in den Himmel. Es streckte ihnen sein gewaltiges Hinterteil entgegen, als sollten sie es nur wagen, eine kritische Bemerkung zu machen.

Sieben, acht, neun, zehn Stockwerke. War das möglich? Aus ihrer Froschperspektive verdeckte es die ganze Stadt, raubte ihnen das Licht, raubte jeden Sinn und Verstand. Sie fuhren langsam hinterher und beobachteten, wie die Lawine von Heckwellen gegen die *riva* schlug, Welle um Welle um Welle: Kaum auszudenken, was die Wucht dieser gewaltigen Menge verdrängten Wassers dem Mauerwerk und dem jahrhundertealten Mörtel antat, der es zusammenhielt. Doch ehe sie etwas sagen konnten, erstickten sie fast in einer gewaltigen Abgaswolke. (…) Und dennoch versuchte man, ihm und den anderen Bewohnern der Stadt weiszumachen, dass von den Kreuzfahrtschiffen keine Gefahr ausging.

Tod zwischen den Zeilen 1/13–16

Küchengeräusche

Paola warf eine Handvoll Teeblätter in die Keramikkanne, die schon seiner Großmutter gehört hatte. Dann kam sie zu ihm, stellte sich hinter seinen Stuhl und küsste ihn auf den Hinterkopf, genau auf die Stelle, wo sein Haar sich etwas zu lichten begann. »Was ist denn?« (...)

Aus dem Kessel schoss eine Dampfsäule, und Paola schüttete das Wasser in die angeschlagene Kanne. Wie immer empfand er schon ihre bloße Anwesenheit als wohltuend, und es wirkte beruhigend auf ihn, wenn er zusehen konnte, mit welch sicherer Gewandtheit sie sich bewegte und arbeitete. *Venezianisches Finale* 5/62–63

Kunst der Pause

Brunetti machte eine Pause, die ganz und gar diplomatischer Natur war.

»Nein, das habe ich nicht gelesen«, sagte Patta. Auch er machte eine Pause, aber eher wie der Chef einer Artilleriebatterie, der über die Schwere der nächsten Salve nachdenkt.

»Warum erzählen Sie mir das?«

»Weil einer der Beteiligten tot ist, Vice-Questore.«

Feine Freunde 15/171

Kunst der Verstellung

Auf dem Weg zu Griffonis Büro ging ihm durch den Kopf, dass nur wenige seiner Kollegen so gewieft waren wie Claudia, und kaum einer so erfinderisch. Sie besaß die bemerkenswerte Fähigkeit, Zeugen oder Verdächtigen zu suggerieren, sie allein bringe Verständnis für sie auf; dabei half ihr, dass sie ihre Redeweise – Aussprache, Tonfall, Vokabular – dem jeweiligen Gegenüber mühelos und ganz unauffällig anzupassen wusste und Gedanken und Vorurteile der Befragten immer wieder mit beiläufigem Nicken und Lächeln bestätigte. Wann genau sich diese Verwandlung bei ihr vollzog, hatte Brunetti noch nie mitbekommen, immer nur den Augenblick, wo sie die zweite Haut wieder abstreifte und zu ihrem schonungslos sarkastischen Ich zurückkehrte.

Heimliche Versuchung 24/247–248

Kurzschlusshandlung

Aber würde jemand wirklich seinen Beruf für so wenig aufs Spiel setzen? Brunetti dachte an einen bekannten und sehr erfolgreichen Anwalt, der voriges Jahr bei Hermès beim Diebstahl von drei Krawatten erwischt worden war. Vice-Questore Patta hatte den Fall unter Verschluss gehalten: Weder wurde Anklage erhoben, noch sickerte etwas davon an *Il Gazzettino* durch, der den Fall mit Sicherheit begeistert ausgeschlachtet hätte. Brunetti hatte Pattas Entscheidung verstanden: Karriere und guter Ruf eines Mannes sollten nicht einem einmaligen Ausrutscher zum Opfer fallen.

Vor zwanzig Jahren hätte Brunetti anders reagiert und voller Empörung die Bestrafung des Missetäters verlangt. »Du wirst immer mehr zum Italiener«, sagte er laut vor sich hin.

»Das freut mich. Schreckliche Vorstellung, ich wäre mit einem Australier verheiratet und hätte das nie mitbekommen«, hörte er Paolas Stimme.

Heimliche Versuchung 25/273–274

Küsse

Brunetti betrachtete Paolas Gesicht. Mehr als zwanzig Jahre waren vergangen, seit er sie kennengelernt hatte, aber für ihn war sie nicht gealtert. Eigenwilliges blondes Haar, eine Nase, die für das weibliche Schönheitsideal dieser Epoche vielleicht etwas zu groß war, die Wangenknochen, die seine ersten Küsse angelockt hatten. Er antwortete mit einem Brummen.

Auf Treu und Glauben 9/87

Contessa Morosini-Albani reichte ihm die Hand, und wieder hauchte er einen Kuss darauf. Ah, wenn seine Mutter ihren Jungen doch nur sehen könnte, wie er die Hand einer Contessa küsste. Deren Palazzo lag zwar nicht am Canal Grande, aber das hätte seine Mutter nicht gestört, da war Brunetti sich sicher: Es war immer noch ein Palazzo, und die Frau, die ihm die Hand hinhielt, war immer noch eine Contessa.

Tod zwischen den Zeilen 10/132

La Fenice

Brunetti dachte an Jane Austens Empfehlung: »Spar dir den Atem zum Suppeblasen«, und verkniff sich die Bemerkung, das Teatro La Fenice sei nichts anderes als ein kleines Theater in einer winzigen italienischen Provinzstadt, weshalb man auch nichts Großartiges erwarten könne.

Schöner Schein 1/22

La mamma

Auf dem Rückweg dachte Brunetti voller Bewunderung daran, mit wie viel Gleichmut Paola ihren Kindern den Gang der Welt erklärte. Als er selbst klein war, wäre ihm nie in den Sinn gekommen, dass seine Mutter auch ein eigenes Leben haben könnte. Sie war seine Mutter, Punkt. Das war ihre Stellung und ihre Aufgabe im Universum. Sie war ein Planet, der ums Gravitationszentrum ihrer Söhne kreiste. *Endlich mein* 24/248

»Welcher Richter würde ein Kind dem Vater zusprechen, Guido? In Italien, wo die *mamma* heilig ist?«, fragte Paola. *Ewige Jugend* 12/134

Ladensterben

Als sie am Ponte dei Giocattoli anlangten, fragte Professoressa Crosera: »Erinnern Sie sich noch an das Spielzeuggeschäft?«

Und ob er sich erinnerte: Seine Kinder hatten es schon früh entdeckt und wollten, wann immer die Brunettis daran vorbeigekommen waren, »nur mal gucken«. Der Laden war längst verschwunden, zusammen mit allen anderen Spielzeuggeschäften. Stattdessen gab es Touristenkrempel, nutzloses Spielzeug für größere Kinder, alles *made in China* und alles als echt venezianisch maskiert. »Da waren meine Kinder sehr gern«, sagte er.

»Meine auch.« *Heimliche Versuchung* 13/127–128

Lagune

Selbst Kind ihrer Gewässer, idealisierte auch Brunetti die Lagune immer noch als einen Ort des Friedens. Ob, so fragte er sich, die Menschen in Indien Mutter Ganges ebenso sahen, als Quell allen Lebens, als Ernährer und Friedensbringer? *Das Gesetz der Lagune* 8/90

Brunetti sah nur Wasser, Himmel, Sumpfland, noch mehr Wasser, ab und zu eine Wolke. Keine Farbe, kein Geräusch, nur ein flacher, trüber Horizont und endloses, gleichförmiges Wasser. (…)

Wie unendlich weit die *laguna* war! Und nirgends feste Wege, Straßen und Plätze mit Namen: nur die Venen und Arterien der Lagune, die bei Flut verschwanden und bei Ebbe wieder sichtbar wurden.

Orientierung bot ihm allein der nachmittägliche Sonnenstand. *Stille Wasser* 7/78–79

Padovani seufzte. »Typen wie ihn gibt es viele: in Künstlerkreisen verkehrende Bohemiens, die sich auf allen Empfängen und Partys blicken lassen. Sie haben diverse ältere Contessen an der Hand, die sie anrufen, besuchen, zum Abendessen oder in die Oper ausführen können.« Er überdachte seine Aufzählung und korrigierte sich: »Oder vielmehr von denen sie sich zum Abendessen oder in die Oper ausführen lassen können.«

(…)

»Alles nur aufgesetzt.« Er hob eine Hand, als solle Brunetti still sitzen bleiben. »Keine Spur von echter Freundlichkeit. Er kann charmant und liebenswürdig sein und eine Menge Süßholz raspeln, sinnt aber nur darauf, wie er dich ausnutzen kann. Jede einzelne Sekunde, die er in deiner Gegenwart verbringt.«

(…) Sich von reichen Leuten aushalten zu lassen war in Venedig nichts Ungewöhnliches und kein Verbrechen. *Ein Sohn ist uns gegeben* 13/133–135

Latin Lover

Brunetti las mit wachsendem Interesse und Entsetzen, und nach einer Stunde sprach er laut vor sich hin: »So viel zum Latin Lover.«

Nach Schätzungen der Polizei fielen in Italien bis zu zwei Frauen pro Woche einem Mord zum Opfer, und in der Regel war der Täter ein Ex. Hinzu kamen tödliche Unfälle und diverse perfide Übergriffe: Wann hatte es angefangen, dass man Frauen Säure ins Gesicht schüttete? *Endlich mein* 15/137

Lebenslust

Als sie an Harry's Bar vorbeikamen, wo Patta mit einer vermutlich hochrangigen Persönlichkeit saß, bemerkte Brunetti, dass die Gärten zu beiden Seiten des Kanals wieder zum Leben erwachten. Krokusse versuchten sich unter immergrünen Sträuchern zu verbergen; Narzissen waren weniger schamhaft; die ersten Magnolienknospen würden in einer Woche aufspringen; mit ein bisschen Regen sogar schon früher.

Er sah die Plakette an dem Haus, in dem Lord Byron gewohnt hatte, ein Mann, der, wie der junge Brunetti, in diesen Fluten geschwommen war. Aus und vorbei.

Wie durch ein dunkles Glas 27/339

Leiden ist immer falsch

Brunettis Vater war an Krebs gestorben – ein langer, schrecklicher Tod in einem Krankenhaus, das von Leuten betrieben wurde, für die menschliches Leiden der beste Weg zur Erlösung war und die sich daher geweigert hatten, ihm in den letzten Tagen seines Lebens Schmerzmittel zu geben. Drei Tage vor dem Tod seines Vaters hatte der jüngere Sohn, damals schon Commissario di Polizia, aus dem Raum, in dem die Polizei beschlagnahmte Drogen und Waffen aufbewahrte, drei Schachteln mit Morphiumampullen gestohlen und dann seinem sterbenden Vater alle acht Stunden eine verabreicht. Nachdem sein Vater friedlich in seinen Armen gestorben war, war Brunetti nach Hause gegangen und hatte die restlichen Ampullen über der Küchenspüle aufgebrochen und ausgeschüttet. Er glaubte an sehr wenig, aber er wusste, Leiden war immer falsch.

Heimliche Versuchung 4/43

Lektüre und Leben

Zurück in Paolas Zimmer, stand Brunetti unschlüssig vor den Brettern mit seinen Büchern. Vor kurzem hatte er angefangen, sich mit griechischen Tragödien zu beschäftigen, die er seit seiner Schulzeit nicht mehr gelesen hatte. Er wollte damit weitermachen, denn nach so vielen Jahren las er sie völlig neu. Er hörte sich leise knurren, während sein Blick über die Buchrücken schweifte. Für *Medea* war er noch nicht wieder bereit, und *Agamemnon* war ihm zu unversöhnlich. Aber *Die Troerinnen*? Er erinnerte sich, wie sein Griechischlehrer die Hände über dem Kopf zusammengeschlagen hatte, als keiner in der Klasse eine aktuelle Parallele zu der Geschichte nennen konnte. Oh, würde Professore De Palma noch leben, dachte Brunetti, er würde sich vor Parallelen kaum retten können: Ganze Schiffsladungen von trojanischen Frauen fanden sich in italienischen Gewässern, und die Bordelle Europas platzten aus allen Nähten vor lebenden Beutestücken aus den Kriegen im Osten. *Ein Sohn ist uns gegeben* II/112

Letzter Atemzug

Domingo sah Brunetti in die Augen. »Sind Sie ein spiritueller Mensch, Commissario?«

»Meinen Sie: religiös?«

»Nein. Spirituell.«

»Ich weiß nicht«, antwortete Brunetti.

»Früher war ich es auch nicht. Aber wenn man ständig mit dem Tod Umgang hat, ist es unvermeidlich.« Er zuckte mit den Achseln. »Ich weiß auch nicht. Wenn das Ende naht, kann man ihre Seele spüren, spüren, dass es die gibt. Und sie spüren es auch. Und das hilft ihnen. Und uns.«

Geheime Quellen 10/100

Liebe und Triebe

Liebe und Triebe sind der Nährboden und Lebenssaft für Klatsch und Tratsch. Sex ausgeklammert, bleibt relativ wenig Spannendes, was man beim Tratsch über die lieben Nachbarn durchhecheln könnte, bis auf deren finanzielle und berufliche Verhältnisse vielleicht, oder eben ihren Gesundheitszustand.

Lasset die Kinder zu mir kommen 20/259

Liebeshunger

Gonzalo legte Brunetti eine blau geäderte Hand auf den Arm und erklärte: »Weil in deinem Leben so viel Liebe herrscht, Guido. Du schwimmst in Liebe. Du hast Paola und Chiara und Raffi; du hast Orazio und Donatella, auch die lieben dich. Du hast so viel davon«, sagte er lächelnd, »dass es dir wahrscheinlich gar nicht bewusst ist.«

Er schwieg. Brunetti blieb ebenfalls stumm und widerstand der Regung, seine Hand wegzuziehen oder, noch schlimmer, einen Scherz zu machen. Er wartete.

»Mir fehlt das, Guido. Geliebt zu werden. Früher habe ich es gekannt, daher weiß ich, was mir fehlt.« Noch einmal tätschelte er Brunettis Hand und gab sie dann frei. Brunetti zog die Hand zurück und legte sie zu der anderen in den Schoß.

Ein Sohn ist uns gegeben 14/154–155

Lieblingsruderboot

Dort, etwa einen Meter unter ihnen, lag ein *puparìn* auf dem Wasser, dessen Holz in der Sonne glänzte. Ein naher Verwandter der Gondel, nur etwas kürzer und daher leicht und wendig, war das *puparìn* Brunettis Lieblingsruderboot. *Stille Wasser* 6/65–66

Literarische Wahrheit

»So richtig kennen wir sie eigentlich nie«, meinte Paola.

»Wen?«

»Die echten Menschen.«

»Was verstehst du unter ›echten‹ Menschen?«

»Im Gegensatz zu Romanfiguren«, erklärte Paola. »Das sind die einzigen, die wir jemals gut kennen, richtig kennen.« Wieder ließ sie ihm einen Augenblick zum Nachdenken und sagte dann: »Vielleicht liegt das daran, dass sie die einzigen sind, über die wir zuverlässige Informationen bekommen.« Sie sah ihn an und fuhr dann fort, ganz als stünde sie vor ihren Studenten und wollte sehen, ob sie ihr noch folgten: »Erzähler lügen nie.«

Das Gesetz der Lagune 27/321

Lombardei

»Es ist jemand bei ihm. Ein Carabiniere. Aus der Lombardei.« Die Erlauchteste Republik hatte zwar schon vor über zweihundert Jahren aufgehört zu existieren, doch die Venezianer konnten ihr Misstrauen gegenüber den geschäftigen Emporkömmlingen aus der Lombardei noch heute in dieses Wort legen. *Schöner Schein* 2/38

Lost in translation

Brunetti klappte das Buch zu und legte es beiseite. Paola predigte ständig, wie unverzichtbar die Lektüre der Klassiker für unser Denken sei, weil sie uns in schöner Sprache von wichtigen Dingen erzählen. Er jedoch las sie in Übersetzung und konnte daher über die Schönheit der Originalsprache nichts sagen: Das Italienische las sich trotz mancher seltsamer Ausdrücke recht angenehm, doch war dies Euripides' Verdienst oder das des Übersetzers? *Ein Sohn ist uns gegeben* 16/173

Macht der Liebe

Brunetti fiel etwas ein, das seine Mutter oft gesagt hatte. Er hatte immer gedacht, sie bezöge sich damit auf seinen Vater, doch mit zunehmendem Alter war ihm der Verdacht gekommen, sie meine es ganz allgemein. »Schön wär's, wenn wir uns aussuchen könnten, wohin die Liebe fällt.« *Ein Sohn ist uns gegeben* 28/306–307

Mafia

Brunetti wurde einer Antwort enthoben, denn in diesem Augenblick erschien von links ein riesiges Kreuzfahrtschiff – hatte es acht Decks? Neun? Zehn? Lammfromm folgte es einem tapferen Schlepper, nur dass die Trosse zwischen ihnen schlaff ins Wasser hing und damit deutlich war, wessen Motoren die Arbeit leisteten und welches Boot hier das Sagen hatte. Was für ein treffendes Symbol, dachte Brunetti: Die Regierung zieht die Mafia in den Hafen, um sie abzuwracken und stillzulegen, aber ihr Schiff, das dem Anschein nach die Arbeit verrichtet, besitzt den weitaus kleineren Motor, und das andere kann jederzeit die Trosse spannen und sie an die wahren Machtverhältnisse erinnern.

Tierische Profite 12/93

Magie des Glaubens

Obwohl Brunetti nicht gläubig war, ließ ihn die Magie des Glaubens nicht kalt. *Vendetta* 9/73

Brunetti fühlte sich an seine Kindheit erinnert, als er noch an Gott und alles glaubte, was die Priester und Nonnen ihm erzählten. Jedes Mal, wenn er in der dunklen Höhle des Beichtstuhls seine Minisünden abgeladen und man ihm per Absolution die Last von der Seele genommen hatte, empfand er ein Hochgefühl in der Überzeugung, frei von Sünden und somit frei von Schuld zu sein. *Geheime Quellen* 25/278

Männer in Brüssel

»Die sind nicht dumm, diese Männer in Brüssel«, bemerkte Signorina Elettra.

»Das heißt?«

»Es handelt sich um ein weiteres Geschenk an Bürokraten, die genauso erfinderisch sind wie sie selbst.« Und nach einer Kunstpause: »Oder die über die Ausdauer verfügen, sich durch die vierhundertzwölf Seiten dieses Erlasses hindurchzukämpfen.«

»Oder einen Wink bekommen, wo nachzusehen sich als besonders lohnend erweisen könnte?«, fragte Brunetti.

»Vernehme ich da die Stimme eines Euro-Skeptikers, Signore?«

»In der Tat.«

»Aha«, flüsterte sie; und als könne sie sich das nicht verkneifen: »Aber das hindert Sie nicht, den Computer zu behalten?«

»Wo ein Trog steht, ist gut grunzen«, gab Brunetti zurück. *Tierische Profite* 5/45–46

Männer, die alles wissen

»Nach einer Weile habe ich nicht mehr zugehört und nur noch genickt, wenn ich es für angebracht hielt.«

»Hat er was gemerkt?«, fragte Brunetti.

»O nein«, versetzte Paola schlicht. »Das tun sie nie.«

»Sie?«

»Männer, die alles wissen, und die gibt es zuhauf. Als Frau muss man nur interessiert dreinschauen und gelegentlich nicken. Ich sage dann innerlich Gedichte auf.«

»Bin ich auch so einer?«

Paola sah ihm ins Gesicht. »Du kennst mich seit so vielen Jahren und kannst immer noch solche Fragen stellen?« Da ihr Mann schwieg, sagte sie: »Nein, du bist nicht so einer. Du weißt sehr viel, aber du tust niemals so, als ob du alles wüsstest.«

»Und wenn ich so täte?«

»Oh«, rief sie und ging wieder weiter, »eine Scheidung ist so lästig, da würde ich lieber interessiert dreinschauen und ab und zu mal nicken.«

»Und innerlich Gedichte aufsagen?«

»Genau.« *Ewige Jugend* 1/24

Männliche Schwäche

Konnte man ihn so leicht hinters Licht führen? Unterschied er sich überhaupt von allen anderen Männern – ein hübsches Gesicht, ein paar Tränen, der Anschein von Intelligenz und Aufrichtigkeit, und schon verwarf er die Möglichkeit, dass ein solches Wesen jemanden umgebracht haben konnte oder jemanden liebte, der das getan hatte? *Venezianisches Finale* 22/351–352

Männliche Überlegenheit

Damals, als er Paola kennenlernte, hatte Brunetti sie zunächst nur alle paar Tage angerufen, weil er sein Interesse nicht allzu deutlich zeigen und sich überdies seine sogenannte männliche Überlegenheit bewahren wollte. An diese törichte Ziererei musste er denken, als er jetzt Avisanis Nummer in Palermo wählte.

Doch Avisani reagierte, als er seine Stimme erkannte, genauso großzügig, wie Paola es vor all den Jahren getan hatte. *Verschwiegene Kanäle* 24/286

Manna

»Möchte wissen, wo sie arbeitet«, sagte Paola.

»Wie kommst du darauf, dass sie arbeitet?«

»Weil Manna nur in der Bibel vom Himmel fällt, Guido.«

Er schmunzelte, und sie fuhr fort: »Du weißt doch, seit neuestem ist es unsere Pflicht zu arbeiten, bis wir tot umfallen. Bis wir beide so weit sind, hat man das Rentenalter auf achtzig hochgeschraubt.«

Das goldene Ei 12/120–121

Mantel der Madonna

Der Himmel war so blau, als sei er aus dem Mantel der Madonna herausgeschnitten. Vor dem Essen hatte Brunetti auf der Terrasse gestanden und das ohrenbetäubende Zwitschern der Vögel in den Pinien im Hof gegenüber gehört. Der Frühling hatte sich durchgesetzt und würde sich von nichts mehr aufhalten lassen. In zwei Monaten würden sie alle über die Hitze stöhnen.

Tod zwischen den Zeilen 11/133

Marc Aurel

Brunetti setzte sich in den Schatten und verzichtete aufs Lesen, obwohl er seinen Marc Aurel mitgebracht hatte, einen Autor, der ihm schon so manchen Trost in schwierigen Zeiten gespendet hatte. *Sanft entschlafen* 19/279

Er griff nach Marc Aurel, seinen Selbstbetrachtungen, und schlug das Buch, wie fromme Christen es angeblich mit der Bibel machen, an irgendeiner beliebigen Stelle auf. Im Grunde war das ein Glücksspiel, das wusste er selbst. Manchmal stieß er lediglich auf hochtrabende Behauptungen, die zu nichts führten und keine tiefen Einsichten brachten. Manchmal aber zog er das große Los und strich einen Schatz an Weisheit ein.
Tierische Profite 18/156–157

Markuslöwe

Der Frühlingswind spielte mit den riesigen Fahnen vor der Basilika, und Brunetti musste lächeln, als er sah, wie viel imposanter der über sein scharlachrotes Feld stürmende Markuslöwe war als die drei parallelen Streifen Italiens. *Sanft entschlafen* 17/248

Maserati & Co

Brunetti erinnerte sich nicht, was der historische Tertullian über Diebstahl zu sagen gehabt hatte, aber er wäre wohl kaum zum Kirchenvater erhoben worden, wenn er ihn nicht verurteilt hätte – wozu gab es schließlich die Zehn Gebote? War es das vierte? Begehren kam später in der Liste, das wusste er, eine Sünde, die Brunetti immer als Vorgeschmack auf Orwells Gedankenverbrechen erschienen war. Tatsächlich hielt er es für vollkommen normal, die Frau oder den Besitz eines anderen zu begehren. Warum sonst waren Filmstars berühmt, und warum sonst sollten wir den Palast von Caserta bauen, einen Maserati oder Rolls-Royce kaufen, wenn Futterneid und Geltungssucht nicht tief in uns verwurzelt wären? *Tod zwischen den Zeilen* 6/72

Maske

Wie lange war Signorina Elettra nun schon in der Questura? Fünf Jahre? Sechs? Brunetti musste sich eingestehen, dass er heute kaum mehr über sie wusste als zu Anfang: nämlich dass er sich auf ihre Fähigkeiten ebenso verlassen konnte wie auf ihre Diskretion und dass die Spöttermiene, die sie angesichts menschlicher Schwächen aufsetzte, eben nur eine Maske war.

Wie durch ein dunkles Glas 18/223

Maßarbeit

Wie vorteilhaft das Jackett mit der aufspringenden Falte für Pattas massige Schultern war. Sein Blick wanderte zu den Knopflöchern an den Ärmeln. Ja, sie waren zweifelsohne handgenäht.

Auch Pattas schwarze Schuhe waren offensichtlich maßgefertigt, die winzigen Zierlöcher an den Schuhspitzen unterstrichen die Weichheit des Leders. Und dann noch die feinen Quasten. Brunetti wagte sich kaum einzugestehen, wie sehr er Patta um diese Schuhe beneidete.

Heimliche Versuchung 2 / 19

Me too ante litteram

»Jetzt zu den beruflichen Dingen. Wellauer war ein berüchtigter sexueller Erpresser. Jede beliebige Liste von Sopranistinnen und Mezzosopranistinnen, die bei ihm gesungen haben, gibt einem da einen Überblick; hübsche, junge, anonyme Dinger, die plötzlich eine Tosca oder Dorabella sangen und dann ebenso plötzlich wieder von der Bildfläche verschwanden.« (…)

»Das waren die Karrieren, die er gefördert hat, aber es gab ebenso viele, die er ruiniert hat, besonders bei Männern meiner besonderen Veranlagung«, fügte er hinzu und trank einen Schluck, »oder Frauen mit derselben Neigung. Der verstorbene Maestro konnte einfach nicht glauben, dass er für eine Frau unattraktiv sein könnte.« *Venezianisches Finale* 12/159–160

Menschenleben

Brunetti wusste selbst nicht mehr, wie oft er schon gesagt hatte, dass es wenige menschliche Schlechtigkeiten gebe, die ihn noch überraschen könnten, und doch taten sie es jedes Mal wieder, wenn sie ihm vor Augen kamen. Er hatte erlebt, dass Menschen für ein paar tausend Lire oder für ein paar Millionen Dollar umgebracht wurden. Unabhängig von der Höhe der Summe konnte er das nie begreifen, denn es setzte einen Preis für Menschenleben fest und erklärte den Erwerb von Reichtum zu einem höheren Gut – eine Grundannahme, die ihm nie einleuchtete. Und er konnte, wie er sich jetzt wieder sagen musste, auch nie verstehen, wie jemand so etwas fertigbrachte. Er konnte noch relativ leicht verstehen, warum es einer tat – die Motive lagen auf der Hand und waren so klar wie vielgestaltig: Habsucht, Begierde, Eifersucht. Aber wie brachte einer es über sich, so etwas wirklich zu tun? Da verließ ihn seine Vorstellungskraft; ein solches Tun war zu abgründig, seine Folgen gingen über alles hinaus, was er noch nachempfinden konnte.

In Sachen Signora Brunetti 28/308

Menschenstrom

Am Fuß des Ponte dell'Ospedaletto wandten sie sich nach links und gingen am Kanal entlang; Brunetti folgte seinem inneren Kompass, und Griffoni ließ sich von ihm leiten wie ein Lotsenfisch von einem Hai.

Endlich mein 14 / 127

Mienenspiel

Patta hatte Brunetti mit seinem Dienstgrad angesprochen: Das mochte ein Zeichen von Wertschätzung sein und somit Gutes verheißen; falls Patta damit auf seine untergeordnete Position anspielte, konnte es aber auch genauso gut ein schlechtes Omen sein. Pattas Miene wirkte durchaus freundlich, doch darauf war kein Verlass: Bekanntlich aalten sich auch Klapperschlangen gern auf einem Felsen in der Sonne.

Das Mädchen seiner Träume 11/122

Mister Hyde

Sonntag war der einzige Tag, an dem Brunetti sich nicht unmittelbar mit Tod und Unglück abgeben musste, weshalb er daran festhielt, dass der Mann, der da aufwachte, der echte war, der wahre Brunetti, und er darum den anderen, diesen Mr. Hyde, als nicht im mindesten typisch für sein inneres Ich abtun konnte. Paola wollte davon nichts wissen. *Endstation Venedig* 15/231

Mit den Jahren

Während sie gemächlich den Canal Grande durchquerten, ließ Brunetti seine Blicke schweifen und stellte erschrocken fest, dass die Sinne mit den Jahren offenbar gehörig abstumpften: Vor ihm lag der Palazzo Ducale, überragt von den gleißenden Kuppeln der Basilica di San Marco, aber sein Auge glitt so gelassen darüber hin, als wäre es nur der bemalte Prospekt für eine schale Provinzaufführung des *Othello*. Wie hatte es bloß so weit kommen können mit ihm, dass er im Angesicht solch erhabener Pracht vollkommen unberührt blieb? Begleitet vom monotonen Knarzen der Rudergabel, spann er seinen Gedankengang fort und fand es genauso unverständlich, wie er heutzutage Paola bei Tisch gegenübersitzen konnte, ohne dass es ihn danach verlangte, ihre Brüste zu liebkosen; oder wie er es fertigbrachte, seinen Kindern zuzusehen, wenn sie sich nebeneinander auf dem Sofa in irgendeine alberne Fernsehsendung vertieften, ohne dass sich ihm die Eingeweide zusammenzogen aus Angst vor den mannigfachen Gefahren, die im Leben auf sie lauerten. *Verschwiegene Kanäle* 15/168–169

Mode

»Ein Mann, der keinen Sinn für Mode hat, hat keine Seele«, sagte Signorina Elettra und blätterte um.

Auf Treu und Glauben 11/106

Das Abendjackett des Conte war so gut geschneidert, dass es sogar rosa hätte sein können, und doch wäre einzig der perfekte Schnitt aufgefallen.

Venezianisches Finale 12/144

Mond

Es war ein milder Abend, eine Nacht vor Vollmond. Sie blieben oben auf der Brücke stehen, von wo sie bis zum Lido und weiter hinaus auf die Adria sehen konnten.

(…)

Da es windstill war, spiegelte sich der Mond wie auf einer dunklen Glasplatte. Minutenlang kam kein einziges Boot, und Brunetti schwieg, als fürchte er, seine Stimme könne die Wasseroberfläche aufrauen und den Mond zerstören. Niemand ging über die Brücke, lange Zeit war es vollkommen still. (…) Brunetti wandte sich San Vidal zu und sah reglose Leute auf den Stufen unten, alle verzaubert von dem schimmernden Mond, der Stille und den Fassaden auf beiden Seiten des Kanals. Er blickte nach rechts, und auch am Geländer dort standen Leute und ließen sich den Mond ins Gesicht scheinen.

Endlich mein 8/73

Moralischer Thermostat

Seinen Vater vor Augen, meinte Brunetti: »Engel, ich bin mir nicht sicher, dass wir wie unsere Eltern werden. Und ich weiß nicht, ob Zugehörigkeit zur Mafia erblich ist. (…) Ich habe vor Jahren mal einen Artikel gelesen, in dem behauptet wurde, wir alle kämen mit einer Art eingebautem Thermostat zur Welt. In einer heißen Gegend ist unser Thermostat auf heiß eingestellt, und wir sind darauf geeicht. Wir fühlen uns nur wohl, wo es heiß ist, können Kälte nicht ausstehen.« Chiara hörte schweigend zu. »Umgekehrt, wenn wir in einer kalten Gegend geboren wurden. Der Thermostat ist eingestellt, und wir mögen keine Hitze, selbst wenn wir in eine heiße Gegend ziehen und lange dort leben.«

»Und?«, fragte sie, als er nicht weitersprach.

»So ist es auch mit der Mafia. Wer in Mafiagefilden geboren wurde, dessen Thermostat ist darauf eingestellt. Das gilt nicht für jeden, aber doch für sehr viele.«

»Also eine Art moralischer Thermostat?«, fragte Chiara. (…) »Du sagst das, als wäre es in der Luft, als wäre das was Ansteckendes.«

»In der Luft ist es ganz bestimmt«, stimmte Brunetti zu. »Aber nicht jeder steckt sich an.«

Geheime Quellen 7/71–72

Mordopfer

»Die Frau des Toten konnte immer nur sagen, dass er nicht einmal mehr ein Jahr bis zur Pensionierung hatte und sich doch nichts weiter gewünscht hätte, als fischen zu gehen und sich an seinen Enkelkindern zu freuen.« Die Worte klebten an Brunetti wie die feurigen Gewänder, die Kreons Tochter zum Verderben wurden: Er konnte sich drehen und winden und sich von ihnen zu befreien versuchen, sie klebten an ihm und brannten.

Das Gesetz der Lagune 27/319

Mose-Projekt

Brunetti blätterte seufzend zur Titelseite zurück, wo er ein Foto des ehemaligen Leiters des Mose-Projekts erblickte – sieben Milliarden Euro hatte man bereits für den Schutzwall in der *laguna* versenkt; jetzt war der Mann festgenommen und wegen Korruption angeklagt worden. Brunetti lächelte, hob sein Glas zu einem sarkastischen Prost Mahlzeit und nahm einen ausgiebigen Schluck. *Tod zwischen den Zeilen* 6/76

Foa, der Bootsführer der Questura, konnte bei dem Thema außer sich geraten. Er hatte die Strömungsverhältnisse zusammen mit dem Abc gelernt und konnte die Namen aller Winde auf der Adria aufsagen wie ein Priester die Namen der Heiligen. Von Anfang an skeptisch, hatte Foa das stählerne Monster wachsen sehen und immer wieder erleben müssen, wie jeglicher Protest dagegen von der Flut entzückender europäischer Fördermittel zur Rettung der Perle der Adria hinweggeschwemmt wurde. Seine Fischerfreunde erzählten ihm von mächtigen neuen Strudeln, die auf dem Meer und in der *laguna* entstanden waren, und von den Folgen der pharaonischen Ausbaggerungen der letzten Jahre. Niemand, behauptete Foa, habe sich die Mühe gemacht, die Fischer um Rat zu fragen. Stattdessen hätten Experten – Brunetti erinnerte sich, wie Foa bei dem Wort ausgespuckt hatte – die Entscheidungen getroffen und die Bauaufträge natürlich anderen Experten zugeschustert.

Tierische Profite 23/208

»Da kann keiner mithalten, besonders wenn sie ›Made in Murano‹ draufschreiben.«

»Lässt sich dagegen nichts unternehmen?«, fragte Vianello.

Federica lächelte bitter. »Ebenso gut könnte man versuchen, *acqua alta* zu verhindern.«

Sie verfielen in Schweigen, drei Venezianer bei der Totenwache für ihre Stadt, die einst ein Weltreich war und jetzt das Tafelsilber verscherbelte, um die Heizkostenabrechnung zu bezahlen. *Stille Wasser* 22/237

Muschelfischer

»Montisi«, begann Brunetti, »haben Sie irgendwelche Fischer als Freunde?«

Montisi legte keinerlei Neugier an den Tag. »Fischer ja, *vongolari* nein.« Die Entschiedenheit, mit der er diese Antwort gab, überraschte Brunetti ebenso wie die Unterscheidung, die er dabei traf.

»Was haben Sie denn gegen *vongolari*?«, fragte Brunetti. Er hatte ähnliche Äußerungen über die Muschelfischer unter anderem auch schon von Vianello gehört, aber noch nie mit solch deutlichem Abscheu.

»Weil das Hurensöhne sind, einer wie der andere. *Figli di puttane.*«

»Wieso?«

»Hyänen sind sie«, antwortete Montisi. »Oder Geier. Sie reißen alles nach oben mit ihren verdammten Saugrüsseln, zerwühlen die Laichplätze, vernichten ganze Kolonien.« Montisi machte eine Atempause, rückte auf seinem Stuhl ein wenig nach vorn und legte von neuem los. »Sie denken überhaupt nicht an die Zukunft. Die Muschelbänke haben uns jahrhundertelang ernährt und würden uns in alle Ewigkeit ernähren. Aber die wühlen und wühlen wie die wilden Tiere und machen alles kaputt.« *Das Gesetz der Lagune* 8/81–82

Nachbarn

»Das tut mir leid, Dottore«, erklärte Brunetti, überrascht von der Erkenntnis, dass er es ehrlich meinte. Wenige Kreuze waren schwerer zu tragen als schwierige Nachbarn. Er wusste aus seiner Arbeit als Polizist, dass höchstens bei Fällen von häuslicher Gewalt ähnlich viel Aggressionen und kalkulierte Boshaftigkeit im Spiel waren. *Ein Sohn ist uns gegeben* 9/91

Narben

Rizzardi schwieg kurz, dann fragte er mit völlig anderer Stimme: »Meinen Sie, es hinterlässt bei uns Narben, Guido – was wir alles sagen und tun müssen?«

»Gütiger Himmel, das will ich nicht hoffen«, antwortete Brunetti leise. *Feine Freunde* 21/276

Nebel

Im Lauf der Nacht war dichter Nebel aufgekommen, der von dem Wasser hochstieg, auf das die Stadt gebaut war, nicht vom Meer. Als Brunetti aus dem Haus trat, schlugen ihm die kalten Schwaden ins Gesicht und krochen in seinen Kragen. Er konnte nur ein paar Meter weit sehen, dann wurde alles undeutlich; Häuser erschienen und verschwanden wieder, als wären sie in Bewegung und nicht der Nebel. Phantome, in schimmerndes Grau gekleidet, begegneten ihm auf der Straße und glitten wie körperlos an ihm vorbei. Wenn er sich umdrehte und ihnen mit dem Blick folgte, sah er sie verschwinden, verschluckt von dem dichten Vorhang, der in den engen Gassen und über dem Wasser hing wie ein Fluch. Instinkt und langjährige Erfahrung sagten ihm, dass der Bootsverkehr auf dem Canal Grande eingestellt war, der Nebel war einfach zu dicht. Blind ging er weiter, verließ sich auf seine Füße und die jahrelange Vertrautheit mit Brücken, Straßen und Biegungen.

(…)

Der Bootsverkehr war eingeschränkt, und die Vaporetti mit ihren rotierenden Radarantennen tauchten wahllos aus dem Nebel auf, von jeglichem Fahrplan entbunden. Er wartete eine Viertelstunde, bevor eine Fünf kam und den Steg so heftig rammte, dass die wenigen Wartenden durcheinanderpurzelten. Nur das Radar sah die Überfahrt, die Passagiere drängten sich in der Kabine zusammen, blind wie Maulwürfe im Sand.

Venezianisches Finale 23/311–312

Nichtvenezianer

»*Una brutta razza*«, erklärte Signorina Elettra mit jener Geringschätzung im Ton, die alle, deren Familien schon seit den Kreuzzügen Venezianer sind, für alle Nichtvenezianer hegen, gleich welcher Herkunft diese sind.

Das Gesetz der Lagune 4/32

Noblesse oblige

»Was ist mit Salva Serenissima?«, murmelte Brunetti und konzentrierte seine Recherche auf diese Organisation. Er fand jede Menge Einträge, nichts auf Wikipedia, dafür hatte Salva Serenissima eine eigene Facebook-Seite und war auf Twitter. Doch auf diese Abwege ließ er sich nicht locken. Er fand eine Liste der Vorstandsmitglieder und studierte sie ausgiebig: Er amüsierte sich über die Kaskade von Aristokraten, deren Namen und Titel glänzten wie Otter in flachem Gewässer. *Ewige Jugend* 6/72–73

O tempora, o mores!

Brunetti, der mit großer Ausdauer Geschichtsbücher las, erinnerte sich an die unzähligen Tiraden alter Römer gegen die Zeiten, in denen sie gerade lebten, wobei sie stets behaupteten, dass die Generation ihrer eigenen Jugend oder die ihrer Eltern der jeweils jetzigen in jeder Hinsicht überlegen gewesen sei. Er dachte an ihre wütenden Ausfälle gegen die Gefühllosigkeit der Jugend, ihre Trägheit, ihre Dummheit, ihren Mangel an Respekt und Ehrerbietung gegenüber den Älteren, und diese Erinnerung munterte ihn beträchtlich auf. Wenn jede Zeit so dachte, dann war jede vielleicht im Irrtum, und die Dinge wurden gar nicht schlimmer.

In Sachen Signora Brunetti 14/154

Off duty

Dieser Kollege war höchstens drei Jahre älter als er – und trat schon in den Ruhestand. Brunetti fragte sich, wie es sich anfühlen musste: Dienstausweis und Waffe abgeben; niemandem mehr Fragen stellen; die Tage nicht mehr damit verbringen, Probleme zu lösen, Geheimnisse zu enträtseln und gelegentlich jenen Prozess einzuleiten, der zur Festnahme eines Verbrechers führte und am Ende zur Bestrafung des …

Ja wessen denn eigentlich? Seine Gedanken schweiften ab. Die meisten, die er verhaftete, waren schwache Kreaturen, die einer Versuchung oder plötzlichen Anwandlung nachgaben, ohne wirklich Schaden anrichten zu wollen, und danach fassungslos vor den verheerenden Folgen ihres Handelns standen.

Auch er würde eines Tages aufhören; ein anderer würde seinen Platz einnehmen; und die Leute würden einander weiter verletzen, betrügen und töten.

Geheime Quellen 22/246–247

Omertà

Mochte der Fall sich auch noch so lange hinziehen, Brunetti konnte sicher sein, dass keiner von denen, die auf dieser Ebene mit ihm zu tun hatten – sei es der Barmann, die Zeitungsfrau oder der Bankbeamte –, auch nur ein Wort darüber verlieren würde.

Venezianisches Finale 13/184

Als sie aus dem letzten Geschäft kamen, sagte Griffoni: »Ich fühle mich wie zu Hause.«

»Weil da auch niemand mit der Polizei spricht?«, fragte Brunetti.

»Ja.«

»Warum sollte es hier anders sein?«

Sie konnte ihre Überraschung nicht verbergen, als hätte sie sich nie träumen lassen, dass auch Venezianer der Polizei gegenüber misstrauisch sein und sich streng an die *omertà* halten könnten. *Das goldene Ei* 21/224–225

Oper

Am nächsten Morgen ließ Brunetti es ruhig angehen, doch als er auf dem Weg in die Questura zu der Einsicht gelangte, eine weitere Unterredung mit Patta sei unumgänglich, wurde er zunehmend nervös. Ihm blieb nichts anderes übrig, er musste seinen Vorgesetzten informieren, was er erfahren hatte und auf wen diese Tatsachen seinen Verdacht lenkten. Wie jemand, der eine Oper komponiert, hatte er zwar Noten und Arientexte, etliche Sänger und eine Handlungsskizze, aber noch kein vollständiges Libretto. *Tierische Profite* 28/258

Operntod

Kaum zu glauben, wie lange es her war, dass er Flavia in *La Traviata* sterben sah und selbst fast gestorben war, so gerne wollte er einschreiten und sie retten. Mit derselben Bestimmtheit, wie Brunetti wusste, dass Paolo und Francesca einander in alle Ewigkeit durch die Orkane der Hölle jagen würden, hatte er gewusst, dass Violetta noch einmal von Hoffnung belebt aufjauchzen und dann ein für alle Mal tot niederstürzen würde. So ging nun einmal die Geschichte. *Endlich mein* 6/51

Ospedale Civile

Brunetti dachte oft, dass die einzige ungefährliche Maßnahme, der man sich im Ospedale Civile unterziehen konnte, eine Autopsie war: Wenigstens ging der Patient dabei kein Risiko mehr ein. *Vendetta* 6/48

Out of the Office

Am nächsten Morgen machten sich Brunetti und Vianello kurz nach neun auf den Weg nach Pellestrina. Zwar war ihnen beiden bewusst, dass sie in einem brutalen Mordfall ermittelten, aber es war wieder einmal so ein herrlicher Tag, dass ihnen ganz leicht ums Herz wurde und sie sich wie Schuljungen auf Spaß und Abenteuer freuten. Kein Dienstzimmer, in das man eingesperrt war, kein Patta, der augenblickliche Fortschritte forderte, keine bestimmten Zeiten, zu denen man irgendwo zu sein hatte. Nicht einmal Montisi, der am Ruder stand und vor sich hin grummelte, dass Seitenströmungen sie aufhalten würden, konnte ihrer Stimmung etwas anhaben. Der Morgen enttäuschte sie nicht. Die Bäume bei den *giardini* trugen neue Blätter, und hin und wieder fuhr eine leichte Brise hinein und ließ ihre Unterseiten in dem vom Wasser reflektierten Licht schimmern. *Das Gesetz der Lagune* 10/109

Pallas Athene der Questura

»Avanti«, rief Brunetti in dem Glauben, es sei vielleicht Vianello mit Neuigkeiten aus Mestre. Aber statt des Sergente trat eine dunkelhaarige Frau ins Zimmer, einen Stapel Akten in der rechten Hand. (…)

Sie blieb weiter vor seinem Schreibtisch stehen, eindeutig in Erwartung seiner Frage, wer sie sei, möglicherweise zu schüchtern, um sich selbst vorzustellen. Er blickte auf und sah große, braune Augen und einen knallroten Mund in einem attraktiven, vollen Gesicht. »Und Sie sind?«, erkundigte er sich mit einem Lächeln.

»Elettra Zorzi, Commissario. Ich habe letzte Woche als Sekretärin bei Vice-Questore Patta angefangen.« Das erklärte den neuen Schreibtisch in Pattas Vorzimmer. Patta hatte schon seit Monaten lamentiert, dass er zu viel Papierkram zu erledigen habe und es allein nicht mehr schaffe. Und er hatte es fertiggebracht, wie ein besonders eifriges Trüffelschwein so lange im Etat herumzuschnüffeln, bis er das Geld für eine Sekretärin ausfindig gemacht hatte.

»Sehr erfreut, Signorina Zorzi«, sagte Brunetti. (…)

Er hörte, wie sie sich zurückzog, und folgte ihr mit dem Blick bis zur Tür. Ein Rock, weder kurz noch lang, und ausgesprochen hübsche Beine.

Venezianische Scharade 11/114–115

Paradiese

Warum will er überhaupt wieder einsteigen?, fragte sich Brunetti, der vom Kunsthandel wenig verstand, aber vermutete, dass die Kenntnis einer Preisliste, egal, wie umfangreich oder ausführlich, nicht genügte, um sich wieder auf dem Kunstmarkt zu betätigen. Seinem Eindruck zufolge ging es in dieser Welt ähnlich zu wie in einer Sekte: Man tauschte sich ehrfürchtig mit Glaubensgenossen aus, und die Dogmen änderten sich je nach Marktlage. Bei beiden ging es um den Einzug ins Paradies, ins himmlische oder ins Steuerparadies.

Ein Sohn ist uns gegeben 14/150

Parmigiano Reggiano und Pinot Grigio

Seine Mutter hatte sich selbst in Zeiten größter Not geweigert, etwas anderes als Parmigiano Reggiano zu nehmen. »Lieber nichts als etwas, das nicht gut ist«, pflegte sie zu sagen, und er sah das genauso.

Paola kam mit einer Flasche Wein. Brunetti sah zu ihr auf. »Besser nichts als etwas, das nicht gut ist«, sagte er.

Lange Erfahrung mit Brunettis rätselhaften Stimmungen entlockte Paola ein Lächeln. »Ich nehme an, du sprichst von dem Wein?«

Er hielt die Gläser, sie schenkte ein, dann nahm sie neben ihm Platz. Pinot Grigio: Er hatte eine Gedankenleserin geheiratet.

Er nahm ein paar Mandeln, aß sie eine nach der anderen und genoss den Kontrast zwischen ihrer Bitterkeit, dem Salz und dem Wein. *Tierische Profite* 22/205–206

Pasticceria

»In einer *pasticceria,* in der ich noch nie gewesen war, servierte man mir eine Brioche, so luftig-leicht wie Manna, und einen Cappuccino, der einfach himmlisch schmeckte, und der Barmann plauderte mit jedem, der hereinkam, übers Wetter, und alle sprachen Veneziano, und ich fühlte mich in meine Kindheit zurückversetzt, als Venedig bloß eine verschlafene kleine Provinzstadt war«, sagte Paola. *Lasset die Kinder zu mir kommen* 11/126

Pathologisch

Rizzardi, ein ruhiger Zeitgenosse, dem Eitelkeit und Prahlerei ansonsten vollkommen fremd waren, erlag nur dann der Versuchung, sich hervorzutun, wenn es um seine Kleidung und um seine Prosa ging. Dezent und unaufdringlich, waren seine Anzüge und Mäntel, sogar sein Regenmantel, stets von so ausgesuchter Eleganz, dass bei Brunetti Zweifel an den Quellen seines Einkommens aufkamen; seine Prosa aber, grammatikalisch präzise und überaus wortgewandt, übertraf alles, was Brunetti sonst in amtlichen Berichten las. Nicht ungewöhnlich, dass der Pathologe ein Organ als »umrankt von kleinen Venen« beschrieb oder mit Zigaretten herbeigeführte Brandwunden auf dem Rücken eines Folteropfers als »Sternennebel« bezeichnete. Schon im ersten Autopsiebericht, den Rizzardi auf sein Ersuchen fertigte, hatte Brunetti über die Schnittwunden im Bauch des Opfers, an denen es verblutet war, gelesen: »Die Verletzungen erinnern an Fontanas rote Phase.«

Reiches Erbe 10/105

Pax venetiae

Griffoni schüttelte nachdenklich den Kopf. »Und dass es keine Autos gibt.« Sie drehte sich zu Brunetti um. »Mittlerweile habe ich mich richtig daran gewöhnt: keine Autos. Kein Lärm, kein Hupen, keine *motorini.*« Und dann schulterzuckend: »Wenn ich jetzt nach Neapel komme, kann ich den Krach und das Chaos nicht mehr ertragen.« Und bevor Brunetti etwas einwenden konnte: »Ich weiß, ich weiß, es gibt zu viele Leute hier, aber immerhin keinen Lärm.« Es klang fast andächtig, wie sie das sagte.

»Ist dir aufgefallen, Claudia«, fragte Brunetti, »dass du noch vor einem Jahr gesagt hättest: ›Wenn ich nach Hause komme‹?«

Geheime Quellen 17/188

Perfektes Verbrechen

»Derlei Geschäfte werden immer in bar abgewickelt, Guido. Das hinterlässt keine Spuren im Schnee.«

Die dunkle Stunde der Serenissima 23/311

Pessimismus

»Wir sind schon ein pessimistisches Völkchen, finden Sie nicht?«, meinte Brunetti.

»Wir hatten immerhin einmal ein Weltreich«, sagte die Dottoressa mit der gleichen Geste wie vorhin, die wieder die Basilika, den Campanile und darunter die Loggetta von Sansovino umschloss. »Jetzt haben wir nur noch dieses Disneyland. Ich glaube, das ist Grund genug zum Pessimismus.«

Brunetti nickte, sagte aber nichts. *Vendetta* 7/59

Pest

Einst hatte die Madonna della Salute die Stadt vor der Pest gerettet, und man errichtete ihr eine Kirche. Dann retteten die Amerikaner das Land vor den Deutschen, und McDonald's hielt Einzug in Venedig.

Die dunkle Stunde der Serenissima 24/328

Petrarca

»Manche Leute sind auf andere fixiert.« Paola legte den Kopf schief und starrte ins Leere, wie sie es immer tat, wenn ihr eine Idee kam. »Vielleicht ist das der Grund, warum ich bei Petrarca immer so ein unbehagliches Gefühl habe.«

»Wie bitte?«, fragte Brunetti verblüfft.

»Sein Ding mit Laura«, sagte sie, und Brunetti konnte nur staunen – solche Worte aus dem Mund der ernsthaftesten Leserin über den Dichterfürsten dieses Landes zu hören. *Sein Ding mit* Laura?

»Ich habe mich immer gefragt, ob er sich da bloß in etwas hineingesteigert hat, werde aber den Verdacht nicht los, er könnte seine Anhimmelei absichtlich übertrieben haben, als Reizmittel, um ihr noch mehr Gedichte abzugewinnen.«

»Wunderschöne Gedichte«, stellte Brunetti klar.

»Natürlich, wunderschöne Gedichte, aber irgendwann wird einem diese ewig unerwiderte Liebe doch zu viel.« Paola stapelte die Teller übereinander; die Kinder hatten längst das Weite gesucht, um sich dem Müßiggang hinzugeben und ihrer Mutter den Abwasch zu überlassen. »Und Laura? Vielleicht hat sie ihn für eine Nervensäge gehalten, einen Widerling oder womöglich sogar für einen Stalker, was mich überhaupt auf diesen Vergleich gebracht hat.« *Endlich mein* 15/142

Pflaumenkuchen

Beim Dessert fand Brunetti allmählich in die Wirklichkeit zurück, wobei ihm der Pflaumenkuchen gute Dienste leistete. Als Paola ihm ein zweites Stück auf den Teller legte, fragte er: »Findest du, Gott ist Sprache?«

Davon wollte Raffi nichts wissen. Er hob eine Gabel voll Kuchen hoch. »Gott ist Pflaumenkuchen«, sagte er und erteilte sich selbst die Kommunion.

Das goldene Ei 28/306

Plötzlicher Tod

Die Kinder reagierten am Abend bestürzt auf die Nachricht von Zio Gonzalos Tod. (…) Der so plötzliche Tod erschütterte beide. So unbarmherzig konnte das Leben doch nicht sein. Sie hatten noch nicht lange genug gelebt, um zu begreifen, was für eine Gnade es war, kurz und schmerzlos zu sterben, statt dahinzusiechen.

Ein Sohn ist uns gegeben 16/174

Polenta

Polenta war im Winter das wichtigste Nahrungsmittel seiner Vorfahren, Polenta und dazu die riesigen Käselaibe und die Salamis und Schinken, zu denen sie ihre Schweine verarbeiteten. Außerdem gab es Kräuter und Ackerpflanzen, die nur im Dialekt einen Namen hatten, Pflanzen, die heute niemand mehr kannte. Und aus Hagebutten machten sie Tee, der bei Erkältungen half und die Abwehrkräfte stärken sollte.

Geheime Quellen 19/213–214

Politiker

In seiner Jugend hatte Brunetti sich für einen ausnehmend politischen Menschen gehalten. Er war einer Partei beigetreten, für die er sich engagierte und deren Siege er bejubelte, weil er überzeugt war, dass sie, einmal an der Regierung, für mehr Gerechtigkeit im Land sorgen würde. Die Ernüchterung kam nicht schlagartig, wurde aber erheblich beschleunigt durch die Verbindung mit Paola, die sich, lange bevor er ihrem Beispiel zu folgen wagte, aus Verzweiflung über die politischen Verhältnisse in blanken Zynismus geflüchtet hatte. Er dagegen hatte die ersten Korruptionsvorwürfe und die Zweifel an der Redlichkeit jener Männer, denen er so fest vertraut hatte und die versprochen hatten, das Land in eine bessere und gerechtere Zukunft zu führen, zunächst ganz blauäugig bestritten. Als er dann später, nicht als gläubiger Anhänger, sondern als Polizist, den Anschuldigungen gegen die betroffenen Politiker nachgegangen war, hatte er einsehen müssen, dass an ihrer Schuld nicht zu rütteln war. *Beweise, dass es böse ist* 13/172

Brunetti ging zu ihrem Schreibtisch, und während sie ihr Gespräch zu Ende führte, hörte er zu und las dabei die Schlagzeilen des Tages, obwohl sie für ihn auf dem Kopf standen; dass er das konnte, war ihm schon oft zugutegekommen. *»L'esule di Hammamet«* lautete die eine, und er fragte sich, warum ehemalige Politiker, die aus dem Land flohen, um der Verhaftung zu entgehen, immer »Exilanten« und nie »Untergetauchte« waren.

Nobiltà 3/30

Polizistenfrauen

Das Radar einer Polizistenfrau wusste sofort, wann ein Abend verdorben war. Manche machten dazu gute Miene, andere nicht. (…)

»Nadia?«, fragte Brunetti in der Kürzelsprache langer Zusammenarbeit.

»Ihre Eltern wollten uns zum Essen ausführen.«

»Besonderer Anlass?«

»Unser Hochzeitstag«, antwortete Vianello.

Statt sich zu entschuldigen, fragte Brunetti: »Der wievielte?« *Das Gesetz der Lagune* 16/173

Presse

Ob die Italiener leichtgläubiger waren als andere Völker oder lediglich schlechter informiert, wagte Brunetti nicht zu beurteilen. Aber er hatte von Ländern gehört, in denen eine unabhängige Presse wahrheitsgetreue Nachrichten lieferte und wo das Fernsehen nicht von einem einzigen Mann kontrolliert wurde. Ja, sogar seine eigene Frau hatte sich zum Glauben an solche Wunder bekannt. *Lasset die Kinder zu mir kommen* 16/197–198

Früher war Brunettis Verhältnis zur Presse relativ freundlich gewesen, manchmal mehr als das, zuweilen hatte er die Presse sogar eingespannt, um Informationen über ein Verbrechen herauszukitzeln. Aber in den letzten Jahren hatte die immer höher schlagende Welle von Sensationsjournalismus jeden Umgang mit Reportern verhindert, der mehr als rein formal war; denn jede Vermutung, die er äußerte, wurde anderntags garantiert als mehr oder weniger direkte Schuldzuweisung veröffentlicht. Darum war Brunetti vorsichtig geworden und gab nur noch sehr begrenzt Auskunft, wobei die Reporter immer sicher sein konnten, dass diese stimmte.
Endstation Venedig 2/31

Prestige

»Zum Schreien, nicht? Dass einer prominent werden kann, bloß weil er in Venedig wohnt – als ob Ruhm und Glanz der Stadt auf ihn abfärben würden.«

Auch Brunetti hatte sich schon oft darüber gewundert, dass sich vor allem die Fremden, die sich in Venedig angesiedelt hatten, ein besonderes Prestige von einer bestimmten Adresse versprachen; als ob eine Wohnung in Dorsoduro oder ein Palazzo am Canal Grande ihre Konversation oder ihre geistigen Fähigkeiten veredeln, ihr langweiliges Leben interessanter machen oder ihren schalen Vergnügungen Esprit einhauchen könnte.

Blutige Steine 9/113–114

Prinzipien

»Früher einmal haben wir beide an die politische Linke geglaubt, an soziale Gerechtigkeit und Dinge wie Gleichheit vor dem Gesetz.«

»Und?«

»Und jetzt überlegen wir als Erstes, wie wir uns an den Anfang der Schlange mogeln könnten.«

»Sprich aus, was du sagen willst, Guido«, begann Paola. »Und rede bitte nicht von ›wir‹, wenn ich diejenige bin, die damit angefangen hat.« Sie hielt kurz inne und fügte hinzu: »Deine Prinzipien sind ja noch intakt.« *Feine Freunde* 3/35–36

Privacy

In einer Stadt, in der es keinerlei Geheimnisse gab, hatten die Menschen eine Fähigkeit entwickelt, direkte Fragen zu vermeiden und über nichts zu reden, das über Alltäglichkeiten hinausging.

Venezianisches Finale 13/184

Privates Dünkirchen

Statt noch länger in seinem privaten Dünkirchen zu verweilen, schloss Brunetti die Unterlagen über die Volpatos in seinen Schreibtisch und verließ das Zimmer. Der Tag suchte ihn mit den Tücken seiner Schönheit zu verführen: Die Vögel sangen, die Wisterien sandten einen besonders süßen Duft über den Kanal zu ihm herüber, und eine streunende Katze kam und wand sich um seine Beine. Brunetti bückte sich und kraulte sie hinter den Ohren, während er überlegte, was er tun sollte.

Feine Freunde 19/232

Questura

Auf der Treppe zu seinem Büro ging Brunetti seine Geschichte mit dem angeblich schlechten Handy-Empfang nicht aus dem Kopf. Die Questura war an allen Ecken und Enden nicht in Schuss, Brunettis Erfindung also durchaus glaubwürdig. Die Heizung war ein Witz, pustete im Winter nur schwach mal hier, mal da im Gebäude. Eine Klimaanlage gab es nur in wenigen privilegierten Büroräumen. Die Stromversorgung funktionierte zwar einigermaßen, aber gelegentliche Spannungsspitzen hatten bereits mehrere Computer und einen Drucker zerstört. Die Belegschaft war mittlerweile so leidgeprüft, dass hin und wieder explodierende Glühbirnen nur noch als Vorspiel für das Feuerwerk zu Redentore betrachtet wurden. Auch die sanitären Einrichtungen zickten hin und wieder; das Dach war an zwei Stellen undicht, und die meisten Fenster ließen sich schließen, manche aber nicht öffnen.

Flüchtiges Begehren 2/15

Rache serviert man am besten kalt

Auf dem Weg in sein eigenes Büro wunderte er sich wieder einmal, dass Griffoni sich mit dieser Schuhschachtel von einem Büro begnügte, die Vice-Questore Patta ihr auf Tenente Scarpas Betreiben hin zugeteilt hatte. Zu Pattas Entlastung ging Brunetti einmal davon aus, dass der Vice-Questore Griffonis Büro noch nie mit eigenen Augen gesehen hatte und wohl auch einfach keinen Begriff von sechs Quadratmetern mit Schreibtisch und zwei Stühlen hatte. Brunetti ahnte, eines Tages würde Griffoni den Tenente dafür büßen lassen. Schließlich war sie Neapolitanerin. Es würde dauern, aber eines Tages wäre es so weit. Brunetti grinste bei dem Gedanken. *Heimliche Versuchung* 11/105

Rauchfahnen

Brunetti war seit Jahren nicht mehr in dem Industriegebiet gewesen, hatte es aber immer vor Augen gehabt: Die aus den Schloten wehenden Rauchfahnen grüßten jeden, der mit dem Boot in die Stadt kam, und die am höchsten aufsteigenden Schwaden waren manchmal sogar von Brunettis Terrasse aus zu sehen. Er staunte immer, wie weiß sie waren, vor allem nachts, wenn der Rauch so majestätisch vor dem samtenen Himmel emporquoll. Das sah so harmlos aus, so rein, und erinnerte Brunetti jedes Mal unweigerlich an Schnee, Erstkommunionkleider, Bräute. Gebeine.

Schöner Schein 15/175–176

Recht des Stärkeren

»Da unser Vice-Questore nur auf Stimmen von ganz oben hört – je weiter oben, desto schneller seine Reaktion –, weiß ich, dass derjenige, der die Akte geschlossen haben möchte, über eine gewisse Macht verfügt.«

Endstation Venedig 12/185

Brunetti fühlte sich plötzlich an sein Logikseminar an der Universität erinnert, und wie begeistert er von der beinah mathematischen Einfachheit des Ganzen gewesen war. (...) Er erinnerte sich selbst nach so langer Zeit noch, welche Sicherheit es ihm gegeben hatte, zu wissen, dass gewisse Gesetze über die Gültigkeit eines Schlusses entschieden und man sie dazu anwenden konnte, zu beweisen, ob ein Schluss richtig oder wenigstens auf die richtige Weise abgeleitet worden war.

In den darauffolgenden Jahren hatte sich diese Sicherheit verschlissen. Die Wahrheit schien inzwischen im Besitz derer zu sein, die am lautesten schreien oder die besten Anwälte anheuern konnten. Und es gab keinen Syllogismus, der es mit einer Pistole oder einem Messer oder all den anderen Formen der Argumentation aufnehmen konnte, mit denen sein Berufsleben gespickt war. *In Sachen Signora Brunetti* 8/87–88

Rechtsempfinden

»Das ist kein Grund«, sagte Franchini.

»Für mich schon«, erwiderte Brunetti.

Tod zwischen den Zeilen 14/177–178

»Das bringt dir eine Million.«

Brunetti mit seinen einfachen Vorstellungen von Gut und Böse hatte das Angebot abgelehnt, weil ihm nicht wohl dabei war, aus Spekulation Profit zu schlagen; außerdem scheute er sich davor, jemandem zu Dank verpflichtet zu sein, der ihm einfach so zu einer Million Euro verholfen hätte. Oder auch nur zu zehn Euro.

Tierische Profite 9/72

Rechtsgebäude

»Rechtswissenschaft ist etwas Schönes. Wie der Bau einer Kathedrale«, meinte Brunetti.

»Da kann ich dir nicht folgen«, sagte Paola lächelnd.

»Wenn man etwas bauen will, das Schutz bieten und von Dauer sein soll, muss man darauf achten, dass alle Teile zusammenhalten, es darf keine Schwachstellen geben. Man muss alle Probleme berücksichtigen, die entstehen könnten, wenn ein Teil fehlerhaft oder schlecht geplant ist. Man darf nichts unversucht lassen, es perfekt zu machen.«

»Das klingt in der Tat gut und edel«, sagte sie, beugte sich vor und legte ihm beide Hände auf die Knie. »Aber die Wirklichkeit sieht anders aus.«

Ein Sohn ist uns gegeben 12/123–124

Redentore

Brunetti lehnte sich zurück, verschränkte die Arme und sah nach der Redentore-Kirche, gebaut vor über fünfhundert Jahren zum Dank für das Ende der Pest. So etwas tat man heutzutage nicht mehr: ein Mahnmal errichten, einen Neuanfang geloben. Man machte einfach weiter wie vorher. *Flüchtiges Begehren 25/277*

Regen

Es hatte zu regnen begonnen, ein unbeständiges Geniesel, das die Passanten ärgerte und den Bauern nichts nützte. Obwohl in der Stadt geboren, dachte Brunetti, egal zu welcher Jahreszeit, bei Regen als Erstes immer an die Bauern und hoffte, jener möge ihnen eine reiche Ernte einbringen. Wie oft hatte er sich seine Schuhe ruiniert, die Mäntel durchnässt – einmal sogar wurde eine Zimmerdecke bei ihm daheim beschädigt –, und doch war ihm der Regen stets willkommen, in seinen Augen war er ein Geschenk des Himmels.

Heimliche Versuchung 3/32

Religion

In ihrem großen Freundeskreis sah jeder in Paola etwas anderes, alle aber kannten sie als *»una mangiapreti«*, eine Pfaffenfresserin.

Sanft entschlafen 2/55

»Wir haben ein Abkommen. Ich habe versprochen, mich nie in die religiöse Erziehung der Kinder einzumischen. (…) Du warst der Meinung, sie müssten – wenn ich mich richtig an deine wörtliche Formulierung erinnere – ›die abendländische Kultur erfahren‹.«

Sanft entschlafen 13/205

Religiöse Riten

Lauter Dinge, an die sein Vater nie geglaubt hatte: Auch das gehörte zu den Konstanten aus Brunettis Kindheit. Ein verschlossener Nihilist, der seine offenbar tiefgläubige Frau stillschweigend gewähren ließ, selbst aber nie zur Kirche ging, ja sich, wenn der Priester das Haus segnen kam, jedes Mal verdrückte und weder an Taufe, Erstkommunion noch Firmung seiner Kinder teilnahm. Darauf angesprochen, murmelte Brunetti senior etwas von *»sciocchezze«* oder *»roba da donne«*, ohne sich weiter auf das Thema einzulassen. Seinen beiden Söhnen ließ er die Wahl, ob sie ihm in der Überzeugung folgen wollten, Religionsausübung sei dummer Weiberkram oder etwas für dumme Frauen. Am Ende aber, dachte Brunetti, hatten sie ihn doch noch gekriegt. Ein Priester hatte dem sterbenden Vater im Ospedale Civile die Letzte Ölung erteilt, und über seinem Leichnam wurde eine Messe gelesen.

Vielleicht war all das seiner Frau zuliebe geschehen. Brunetti hatte genug Erfahrung mit dem Tod, um zu wissen, wie viel Trost der Glaube den Hinterbliebenen zu spenden vermag. *Das Mädchen seiner Träume* 1/9

Rettung der Erde

Brunetti hatte nach dem Tod seiner Mutter 712 Euro geerbt, die Hälfte ihrer Ersparnisse auf dem Bankkonto. Weshalb er die Sorgen anderer Leute, dass ihr Vermögen in gute Hände kam, nicht richtig nachvollziehen konnte. Er wusste, seine Frau würde eines Tages ein reiches Erbe antreten, ebenso seine Kinder. Viel wichtiger aber waren ihm ganz andere Dinge, zum Beispiel, dass sein Sohn und seine Tochter sich für die Umwelt interessierten, ja Chiara hatte nichts anderes als die Rettung des Planeten im Sinn. Konnte ein Kind größere Ziele haben? *Ein Sohn ist uns gegeben* 15/163–164

Reue

Brunetti war katholisch aufgewachsen, wusste also, dass für viele Menschen der größte Schrecken darin lag, dass dem Opfer die Gelegenheit zur Reue genommen wurde. Er musste an Dantes *Inferno* denken, wo es an einer Stelle heißt: »Nur wer bereut, dem wird vergeben.« *Vendetta* 9/73

Rückkehr der Farben

Obwohl Brunetti ein ausgesprochener Städter war und nie woanders gelebt hatte als in der Stadt, nahm er mit der Begeisterung des Landmanns den Reichtum der Natur und jedes Zeichen ihrer Schönheit wahr. Seit seiner Kindheit liebte er den Frühling am meisten, mit einer Inbrunst, die sich aus der Erinnerung an seine Freude über die ersten warmen Tage nach langer winterlicher Kälte speiste. Außerdem entzückte ihn die Rückkehr der Farben: das provozierende Gelb der Forsythien, das Lila der Krokusse und das fröhliche Grün der neuen Blätter. Sogar aus dem Rückfenster des Autos, das auf der *autostrada* nach Norden fuhr, konnte er diese Farben sehen und darin schwelgen. *Nobiltà* 17/170

Auf dem Weg zur Stadt fuhren sie durch eine stille Landschaft, die sich anschickte, die Pracht des Sommers zu entfalten. Die Bäume begannen auszuschlagen, um sich mit wunderbarem grünem Laub zu schmücken. Brunetti war dankbar für dieses Zeichen: Die Farbe der Hoffnung. Vögel, die er kannte, aber nicht benennen konnte, hockten zwischen den grünen Trieben und plauderten über ihre Rückkehr in den Norden.

Tierische Profite 20/179

Ritterlichkeit

Brunetti öffnete die linke Tür des großen *armadio* aus Walnussholz, den Conte Orazio ihnen zur Hochzeit geschenkt hatte, und zog seinen Schlüsselbund aus der Tasche. (…)

Er musste dabei an die *Ilias* denken, an Achilles, wie er seine Rüstung anlegte, bevor er in den Zweikampf mit Hektor ging: schwerer Schild, Beinschienen, Speer, Schwert und Helm. (…) Und doch, wie schnell hatte die Erfindung des Schießpulvers mit aller Ritterlichkeit, allen von Achilles hergeleiteten Vorstellungen von Ruhm aufgeräumt! Er blieb noch einmal an der Tür stehen und ermahnte sich zur Vorsicht: Er fuhr dienstlich nach Castelfranco und musste sich von seiner Frau verabschieden. *In Sachen Signora Brunetti* 22/246–247

Ruderkraft

Brunetti fragte sich oft, wie es wohl in den Tagen der Serenissima gewesen war, als man diese herrliche Fahrt noch allein mit Ruderkraft machte, sich in einer Stille bewegte, in der keine Motoren brummten und Hupen dröhnten und man nichts als das »Ouie« der Bootsleute und das Platschen der Ruderblätter vernahm.

Sanft entschlafen 3/63–64

Vor langer Zeit einmal hatte Brunetti Schwielen an den Händen gehabt vom monatelangen Rudern in der *laguna*. Es war das Einzige, was sein Vater ihm jemals beigebracht hatte. Seit er sieben war, durfte er auf dessen *puparìn* mitfahren. Brunetti hatte nie das Glücksgefühl vergessen, als sein Vater sich über ihn beugte, die rauhen Hände auf seinen kleinen Händen, während er ihm zeigte, wie das Ruder zu halten war.

Ewige Jugend 11/116

Ruhestand

Brunetti hatte den Eindruck, Gonzalo sei nicht nur älter geworden, sondern auch blasser und müder. So ging es vielen, die sich aus dem Berufsleben zurückzogen, dachte Brunetti. Sie wirken wie Bilder, die zu lange an der Wand gehangen haben und ausgeblichen sind. Die Haare werden im Verein mit der Lebenszeit weniger, das Leuchten der Augen erlischt. Der Unterkiefer verliert seine kantige Entschlossenheit; die Haut wird trocken und dünn. Sie bleiben dieselben Menschen, schwinden aber langsam dahin. Die anderen nehmen keine Notiz mehr von ihnen, von der Kleidung, die sie tragen, von dem, was sie tun oder sagen. Sie sind noch vorhanden, aber verbraucht, überflüssig geworden, gefangen hinter der Glasscheibe des Alters. Dieses Glas staubt langsam ein, und eines Tages ist der Platz zwischen den anderen verblassenden Bildern leer. Und später schwindet bei den Lebenden die Erinnerung daran, wie derjenige ausgesehen und was er gesagt hatte.

Ein Sohn ist uns gegeben 8/76–77

Sag mir, was du liest, und ich sage dir, wer du bist

»Ich habe viel für deine Mutter übrig, Paola«, erklärte Brunetti, vielleicht etwas zu nachdrücklich. »Ich will nur sagen, dass ich nie so richtig wusste, wer sie ist. Oder«, verbesserte er sich, »wie sie ist.«

»Und wenn du weißt, was sie liest, weißt du, wer sie ist?«

»Kannst du mir etwas nennen, woran man das besser erkennt?«

Paola überlegte lange, ehe sie ihm die erwartete Antwort gab. »Nein, ich glaube nicht.«

Sanft entschlafen 7/129

San Martino

Am Abend vor Sankt Martin, in der zweiten Novemberwoche, machte Brunetti früh Feierabend, um das Töpfeschlagen nicht zu verpassen, womit Kinder die Passanten um Kleingeld baten. Als kleiner Junge hatte er das selbst getan, obwohl er gar nicht wusste, woher der Brauch eigentlich kam. Es hatte ihn damals nicht interessiert, er war nur froh gewesen, das Geld zu bekommen; und heute war er froh, es geben zu können.

Ewige Jugend 24/272

San Michele

Früher war Brunetti öfter hier gewesen, genau genommen gehörte es zu seinen frühesten Erinnerungen, dass man ihn als Kind mitgenommen hatte, um das Grab seiner Großmutter zu pflegen (…). Er wusste noch, wie bunt die Gräber waren, richtige Blumenteppiche, und wie ordentlich, jedes saubere Rechteck vom nächsten abgegrenzt durch messerscharfe Kanten und kleine Grünstreifen. Und wie trist die Menschen dazwischen – fast alles Frauen –, die mit diesen Bergen von Blumen kamen. Wie grau und schäbig sie ausgesehen hatten, als ob sie all ihren Sinn für Farbe und Adrettheit diesen Geistern in der Erde geopfert hatten, und für sie selbst wäre nichts übrig geblieben.

Heute, über fünfunddreißig Jahre später, waren die Gräber noch genauso ordentlich, die Blumen immer noch von explosiver Farbenvielfalt, aber die Menschen, die dazwischen herumgingen, sahen eher aus, als ob sie zur Welt der Lebenden gehörten, es waren nicht mehr die grauen Gespenster der Nachkriegsjahre.

Venezianisches Finale 7/82

Schicksalhafte Begegnung

Brunetti dachte an die Zeit vor über zwanzig Jahren, als er Paola kennengelernt und den brennenden Wunsch verspürt hatte, alles über sie in Erfahrung zu bringen: über ihre Familie, ihre Vorlieben, ihre Freunde, alles, was ihm mehr über diese wunderbare junge Frau sagen konnte, die ein gütiges Schicksal ihm zwischen den Regalen der Universitätsbibliothek über den Weg geschickt hatte. Brunetti fand eine solche Wissbegier durchaus normal, wenn es um einen lebenden Menschen ging. Aber bei einem Schriftsteller, der seit fast hundert Jahren tot war? *Schöner Schein* 1/8

Schirmgerangel

Da nur wenige Leute unterwegs waren, blieb ihm das übliche Schirmgerangel in den engen *calli* erspart. Venezianer hatten im Lauf der Jahrhunderte die Technik entwickelt, ihren Schirm schräg zur Seite zu halten und der Wand entlang an den Entgegenkommenden vorbeizuschlüpfen. Touristen hatten zwei Techniken: Entweder rammten sie, Schirm voraus, alle menschlichen Hindernisse aus dem Weg, oder sie rührten sich nicht mehr von der Hauswand weg, den Schirm in seiner ganzen Breite quer über sich, und zwangen so alle anderen, in die Mitte der *calle* auszuweichen.

Ewige Jugend 24/275–276

Schlaflos in Venedig

Jedes Mal wenn Brunetti aufwachte und den reglosen Klotz an seiner Seite spürte, staunte er aufs Neue über ihr Talent, sich von nichts, was um sie vorging, im Schlaf stören zu lassen. Er dachte an die Nächte, die er durchwacht hatte, geplagt von Sorgen um seine Familie, seine Arbeit, seine Zukunft oder die des Planeten oder schlicht um den Schlaf gebracht von einem besonders üppigen Abendessen. Während sie reglos, kaum atmend neben ihm lag, seelenruhig, ein Ausbund des Friedens.

Tierische Profite 18/155

Schlange

Oh, sie war mit allen Wasser gewaschen, seine Frau: eine Schlange, eine Viper, ein listiges Wiesel.

Wie durch ein dunkles Glas 4/48

»Listig wie eine Schlange«, sagte Brunetti nicht ohne Bewunderung.

»Ja, ich weiß«, gab sie zu. »Eine Form angepassten Verhaltens, die mir von Berufs wegen aufgezwungen wird.«

»Geht mir genauso«, sagte er und fügte dann hinzu: »Wollen wir irgendwo Kaffee trinken gehen?«

Blutige Steine 15/201

Schleppdampfer

Er wusste nicht, wohin die Schleppdampfer verlegt worden waren, und konnte sich auch nicht erinnern, wie viele Jahre es schon her war, seit sie verschwunden waren und den Platz an der *riva* für andere Wasserfahrzeuge geräumt hatten, die dem Tourismus zweifellos nützlicher waren.

Was für herrliche lateinische Namen sie gehabt hatten, und wie schön rot und stolz sie auf dem Wasser lagen, jederzeit bereit, abzulegen und den großen Schiffen durch den Canale della Giudecca zu helfen. Die Schiffe, die heutzutage die Stadt heimsuchten, waren für die wackeren kleinen Schleppdampfer wohl zu groß. Wahre Ungeheuer waren das – größer als die Basilika und gefüllt mit Tausenden von ameisengleichen Gestalten, die sich an der Reling drängten –, wenn sie heranglitten, anlegten, die Gangways herunterwarfen und ihre Passagiere auf die Stadt losließen.

Feine Freunde 16/187

Schnüffler

Bei Jagdhunden, so viel wusste Brunetti, unterschied man zwei Kategorien – je nachdem ob der Gesichts- oder der Geruchssinn stärker entwickelt war. Wie einer der Letzteren war er jetzt auf und davon, preschte durchs satte, feuchte Grün eines Herbsttages, übersprang Hindernisse, die ihm den Weg versperren sollten, und fand, die Nase hart am Boden, die Spur seiner Beute wieder, deren Witterung zwischendurch von stärkeren Gerüchen überlagert gewesen war. Seine Gedanken überschlugen sich, ihn schwindelte, aber er blieb der Beute hart auf den Fersen, bis er wieder am Ausgangspunkt war.

Die dunkle Stunde der Serenissima 26/358

Schöner Schein

Die junge Frau lächelte den Eintretenden entgegen, wobei sich zu beiden Seiten ihres perfekt geformten Mundes je ein Grübchen bildete. Ihr Haar schien naturblond zu sein, auch wenn Brunetti sich inzwischen nicht mehr zutraute, das eindeutig festzustellen.

Lasset die Kinder zu mir kommen 14/167

Schrecklicher Beruf

»Ein Toter?«, fragte Paola.

»Auf Murano.« Brunetti trat ans Fenster und prüfte mit einem Blick in den nachtdunklen Himmel die Aussichten für den neuen Tag.

Als er sich Paola zuwandte und sah, dass sie die Augen geschlossen hatte, glaubte er schon, sie sei noch einmal eingeschlafen. Doch bevor seine Enttäuschung spürbar wurde, schlug sie die Augen wieder auf und sagte: »Gott, was für einen schrecklichen Beruf du doch hast, Guido.«

Ohne auf ihre Bemerkung einzugehen, verschwand Brunetti im Bad.

Als er, rasiert und geduscht, wieder herauskam, war das Bett leer; dafür stieg ihm frischer Kaffeeduft in die Nase.

Wie durch ein dunkles Glas 14/174–175

Schritte

Brunetti rannte zum Eingang der *calle,* aber als er hineinspähte, war die ganze Gasse leer, und obwohl er immer noch Schritte hörte, war unmöglich zu erkennen, aus welcher Richtung sie kamen. Er lief zur ersten Kreuzung: kein Mensch, weder rechts noch links. Und immer noch irgendwo in der Ferne diese Schritte. Er blieb stehen und hielt den Atem an, vermochte aber auch so nicht auszumachen, wohin sie gingen, ob Richtung Salute oder Accademia. Schließlich erstarben sie ganz.

Endlich mein 17/174

Schurke

Zu Brunettis Lieblingsfiguren in der Literatur gehörte schon immer Jago, dessen Geschick er seit langem bewunderte und oft nachzuahmen versuchte.

Das Gesetz der Lagune 9/105

Schützende Hand der Faliers

Pattas Motive waren leicht zu deuten und ebenso leicht zu verstehen: Er suchte Erfolg auf der Karriereleiter und den Beifall seiner Vorgesetzten. Das taten die meisten, räumte Brunetti ein; hätte er selbst nicht den Reichtum und die Macht von Paolas Familie im Rücken, würde wohl auch er nicht so unbekümmert mit seiner Arbeit und seinem Chef umgehen. *Endlich mein* 20/195

Schwiegermutter

Brunettis Verhältnis zum Parlament war am ehesten demjenigen vergleichbar, das die meisten Italiener zu ihrer Schwiegermutter hatten. Der war man zwar nicht durch Blutsbande verpflichtet, dennoch forderte sie Achtung und Gehorsam, selbst wenn sie durch ihr Verhalten beides nicht im mindesten verdiente. Diese fremde Person, die sich ganz willkürlich in das Leben eines Mannes drängte, stellte immer höhere Ansprüche und pochte dabei auf ebenjenen häuslichen Frieden, den sie ihm vergällte. Widerstand war zwecklos, denn jedes kleine Aufbegehren wurde mit den hinterhältigsten Racheakten geahndet. *Verschwiegene Kanäle* 7/68–69

Seelenkrankheit

»Gab es etwas, woran Signora Battestinis Seele krankte?«

»Nur die Gier, Commissario«, antwortete Carlotti prompt. »Dass sie borniert war und ignorant, steht auf einem anderen Blatt. Aber ihre Habgier, die kam aus tiefster Seele.«

Um auf Nummer sicher zu gehen, spielte Brunetti den Advocatus Diaboli: »Viele alte Menschen müssen mit ihrem Geld haushalten, Dottore.«

»Bei ihr hatte das nichts mehr mit Haushalten zu tun, Commissario. Die Frau war schlichtweg besessen.« Und unversehens ins Lateinische wechselnd, zitierte er: »*Radix malorum est cupiditas*. Nicht das Geld an sich ist die Wurzel allen Übels, Commissario. Sondern die Gier danach: *cupiditas*.«

Beweise, dass es böse ist 12/167–168

Sechster Sinn

»Meine Mutter ist mir immer auf die Schliche gekommen. Wie, weiß ich nicht, aber sie fragte mich jedes Mal, was am Rialto los gewesen sei und warum ich ihr keine Artischocken mitgebracht hätte.« Kopfschüttelnd hing Vianello seinen Erinnerungen nach. »Und den Kindern ergeht es heute mit Nadia nicht anders: als ob sie ihre Gedanken lesen könnte und einfach weiß, wann sie den Unterricht geschwänzt oder etwas ausgefressen haben.« Er sah Brunetti an. »Kannst du dir erklären, wie sie das machen?«

»Wer? Mütter?«

»Ja.«

»Du hast es eben selbst gesagt, Lorenzo. Indem sie Gedanken lesen.«

Wie durch ein dunkles Glas 1/8–9

Segeln

Brunetti war schon seit Jahren nicht mehr hier draußen gewesen, über zehn Jahre mochte es her sein, als die Kinder noch kleiner gewesen waren und er und Paola sich sonntags nachmittags mit der Familie seines Bruders Sergio auf dessen Boot zu drängen pflegten, um angeblich die Inseln zu erkunden, wobei sie aber genau wussten, dass sie nur auf der Suche nach guten Restaurants und frischem Fisch waren. Er erinnerte sich an sonnenverbrannte, übellaunige Kinder, die wie die Hündchen auf dem Bootsboden lagen und dösten, eingeschläfert von zu viel Sonne und der endlosen Langeweile der Erwachsenengespräche. Er erinnerte sich, wie Sergio einmal aus dem Wasser über den Bootsrand geschossen kam, beide Beine rot verbrannt von einer riesigen Qualle, die sich im klaren Wasser an ihn herangemacht hatte. Und er erinnerte sich mit ganz großer Freude an einen Nachmittag im August, als Sergio einmal mit allen Kindern auf einer der kleineren Inseln zum Brombeerpflücken gegangen war und er und Paola sich im Boot geliebt hatten. *Das Gesetz der Lagune* 5/50

Seidenraupen

»Diese Frau symbolisiert Konsumverhalten«, sagte der Conte und wies auf das Bild. »Sieh dir an, wie feist sie ist, und stell dir vor, wie viel sie in ihrem Leben gegessen haben muss, um eine solche Fleischmasse anzuhäufen; ganz zu schweigen davon, wie viel sie essen muss, um so zu bleiben. Und dann die Farbe ihrer Wangen: Man sieht genau, sie ist dem Trunk ergeben. Stell dir vor, wie viel sie trinkt. Und der Brokat: Wie viele Seidenwürmer mussten für ihr Kleid und ihren Umhang sterben, für den Seidenbezug ihres Stuhls? Ihr Schmuck: Wie viele Männer haben dafür in den Goldminen mit dem Tod bezahlt? Wer ist gestorben, als er den Rubin an ihrem Ring aus der Erde geholt hat? Und die Obstschale auf dem Tisch neben ihr? Wer hat diese Pfirsiche angebaut? Wer hat das Glas neben der Schale hergestellt?«

Brunetti betrachtete das Bild aus diesem neuen Blickwinkel, sah es als Darstellung von Reichtum, der den Konsum befördert und wiederum durch Konsum befördert wird. Der Conte hatte recht: Man konnte es ohne weiteres so interpretieren, aber genauso gut konnte man es als Illustration für das Geschick des Malers und den Geschmack seiner Epoche sehen.

Schöner Schein 16/196–197

Selbstjustiz

»Fragen Sie als Polizist oder als Mensch?«

Er seufzte. »Ich fürchte, das macht keinen Unterschied, jetzt nicht mehr.«

Signora Ceroni sah ihn daraufhin an, nicht auf die Worte hin, sondern den Seufzer. »Was passiert jetzt?«

»Mit Ihnen?«

»Ja.«

»Das hängt davon ab ...«, begann er, denn er dachte, es würde wohl von ihrem Motiv abhängen. Aber dann fiel ihm ein, dass es ja drei waren, und so traf das nicht zu. Das Motiv würde für die Richter kaum eine Rolle spielen, nicht bei drei Toten, alle offensichtlich kaltblütig umgebracht.

»Schwer zu sagen. Nichts Gutes.«

»Ich glaube, es ist mir egal«, meinte sie, und ihn überraschte die Leichtigkeit, mit der sie das sagte.

»Wieso das?«

»Weil sie es verdient hatten, alle drei.«

Vendetta 27/323

Sesso

»Wunderbar«, sagte Paola. »Erst Kaffee und jetzt Grappa. Wir werden kein Auge zutun.«

»Sollen wir versuchen, uns gegenseitig wachzuhalten?«, fragte er.

Sie strahlte. *Venezianisches Finale* 10/126

Und wie ein jugendliches Pärchen liebten sie sich auf dem Sofa, ohne zu fragen, ob jemand hereinkommen und sie dabei überraschen könnte, ungeachtet der Kleiderhaufen, die auf dem Fußboden landeten, so achtlos hingeworfen wie die in Raffis Schrank.

Acqua alta 10/130

Sex immer und überall

Vittorio musste um die sechzig sein, ein Alter, das ihn für Elettra automatisch in jenes geschlechtslose Nichts beförderte, in dem jedes offen gezeigte Interesse an Sex bestenfalls peinlich war, wenn nicht schlimmer. Und doch schien noch hinter seinen harmlosesten Bemerkungen das Wissen um sexuelle Aktivität zu lauern, als ob es ihm völlig unmöglich wäre, sich ein Universum vorzustellen, in dem Männer und Frauen auch auf andere Weise in Beziehung zueinander stehen könnten.

Das Gesetz der Lagune 24/286

Sisyphos

»Es geht einfach zu oft so: Wir strampeln uns ab, um Rechtsbrecher hinter Gitter zu bringen, und kaum haben wir sie, bekommen Anwälte und Richter die Sache in die Finger, und dann gehen sie letzten Endes doch wieder straffrei aus. Ich habe das Dutzende Male erlebt, und ich erlebe es immer öfter. (...) Ich könnte ja in Pension gehen.« Paola antwortete noch immer nicht. »Die nötigen Dienstjahre hätte ich. Oder doch fast. Das heißt, ich könnte in etwa zwei Jahren in den Ruhestand gehen.«

»Möchtest du das?«, fragte Paola.

Brunetti trank einen Schluck von seinem Tee, stellte fest, dass er kalt geworden war, goss ihn in die große Terrakottaschale mit dem Oleander, schenkte sich eine neue Tasse ein, tat Honig dazu und sagte: »Wahrscheinlich nicht. Nicht wirklich. Aber mitunter belastet es einen schon sehr, wenn man einfach zusehen muss und nichts dagegen tun kann.«

Das Gesetz der Lagune 13/143–144

Skandale

Obwohl es einer der größten Skandale in Jahrzehnten war – und wann hatte es schon einen kleinen Skandal gegeben? –, ging die öffentliche Meinung dahin, dass bald wieder alles im Sande verlaufen würde, *insabbiato*, wie all die anderen Skandale der Vergangenheit.

Venezianische Scharade 16/184

Sohn der Stadt

Brunetti hielt sich rechts in Richtung Piazza und merkte zu seinem größten Erstaunen, dass sein Blick heute freundlich auf den Touristen ruhte, die mit offenen Mündern und ehrfürchtig langsamen Schritten an ihm vorbeischlenderten. Sie konnte sie noch immer in den Bann schlagen, diese alte Hure von einer Stadt, und Brunetti, ihr wahrer Sohn und Beschützer ihrer alten Tage, empfand eine Mischung aus Stolz und Entzücken und hoffte, dass diese Leute ihn sehen und als Venezianer erkennen würden, als der er ein bisschen Erbe und ein bisschen Mitbesitzer all dessen war. *Vendetta* 7/50

Noch eine Brücke, dann auf einer Seite offenes Wasser. Auf der anderen die Basilica und der Dogenpalast, und plötzlich traf ihn die Erkenntnis, dass zwar nichts davon ihm gehörte, er aber Teil dieses Ganzen war.

Stille Wasser 31/336–337

Soluzione alla veneziana

Zu keinem Zeitpunkt wäre es ihm – so wenig wie Paola – in den Sinn gekommen, die Sache legal anzugehen, also die zuständigen Dienststellen und die Namen der richtigen Leute herauszufinden und dann die geeigneten Schritte einzuleiten. Auch kamen beide nicht auf die Idee, dass es einen vorgeschriebenen Dienstweg geben könnte, auf dem das Problem zu lösen wäre. Falls es so etwas gab oder man es herausfinden konnte, pflegten die Venezianer es doch zu ignorieren, weil man eben wusste, dass solche Dinge sich nur mit *conoscenze* regeln ließen, als da waren: Bekannte, Freunde, Beziehungen und geschuldete Gefälligkeiten, die man im Laufe eines Lebens angesammelt hatte, weil sie unausweichlich anfielen im Umgang mit einem System, das alle – sogar diejenigen, die in seinem Sold standen, vielleicht gerade diejenigen, die in seinem Sold standen – für ineffizient bis hin zur totalen Nutzlosigkeit hielten, anfällig für die Missbräuche, die aus Jahrhunderten der Korruption erwachsen waren, und beschwert durch einen byzantinischen Hang zu Heimlichtuerei und Gleichgültigkeit. *Feine Freunde* 3/34–35

Sommer in Venedig

Brunetti und Vianello gelangten auf den *campo,* der zur Anlegestelle führte, und kaum traten sie aus dem schattigen Gassengewirr auf den Platz hinaus, erinnerte die sengende Sonne sie daran, dass Juli war, der schlimmste Monat. Beide zogen ihre Jacken aus, und Brunetti dachte in seiner förmlichen Kleidung wehmütig an seine Bermudashorts und seine Tennisschuhe zurück.

Stille Wasser 20/212

Brunetti hielt es nur noch mit letzter Willenskraft am Schreibtisch aus. (…) Das Opus lag vor ihm, während Brunetti aus dem Fenster starrte und hoffte, es würde jemand hereinkommen und ihm einen Eimer kaltes Wasser über den Kopf schütten, oder es würde regnen, oder er fände Einlass in den Himmel und entginge so der stickigen Hitze in seinem Büro und überhaupt dem Elend des Augusts in Venedig. *Auf Treu und Glauben* 1/7

Sonntagsstaat

Brunetti dachte daran – eine Ewigkeit war das her –, wie er für seine erste Begegnung mit diesem Mann einen neuen Anzug gekauft hatte; der Conte hatte den Wunsch geäußert, den jungen Mann kennenzulernen, der seine Tochter heiraten wollte. Der Anzug war für Brunetti so unerschwinglich teuer gewesen, dass er sich dazu passende neue Schuhe nicht leisten konnte.

Ein Sohn ist uns gegeben 1/19

Sozialer Kitt

Wenn alte Menschen sich am liebsten über ihre Gesundheit austauschten und die Männer beim Thema Sport zueinanderfanden, dann waren Immobiliengespräche der soziale Kitt, der die Venezianer aller Schichten zusammenhielt. *Das Mädchen seiner Träume* 2/16

Spieglein, Spieglein

Es gab keine Stadt, die mehr von sich eingenommen war als Venedig: Billige, gewöhnliche Selbstporträts säumten so manche Straße; an fast allen Kiosken konnte man grellbunte Plastikgondeln erstehen; an allen Straßenecken verkauften Farbkleckser, deren Baskenmützen sie fälschlicherweise als Künstler auswiesen, scheußliche Pastellzeichnungen; auf Schritt und Tritt huldigte die Stadt dem Schlechten und spielte das Flittchen. Nun kamen zu alledem noch die schrecklichen Folgen der vielen trockenen Wochen: Die engen *calli* stanken nach Urin, hündischem und menschlichem; unter den Füßen klebte immer eine dünne Staubschicht, egal wie oft die Straßen gefegt wurden. Und dennoch blieb ihre Schönheit unbefleckt, einzigartig.

Das Gesetz der Lagune 6/61

Kleinigkeiten »waren übersehen worden«; nicht Scattalons Arbeiter hatten sie übersehen. Wie wundervoll doch die Sprache war. *Acqua alta* 18/252

Da hat einer gelebt, ist viel zu früh gestorben und hatte nicht mal einen Namen, unter dem man ihn kannte; unter Menschen zu leben, die nicht danach fragen, wie man heißt – nicht auszudenken. Wenn der Mann – ab jetzt dachte er ihn sich als Mann, nicht als Jungen – nicht nur taub, sondern auch stumm gewesen war, wie hatte er dann mit seiner Umwelt kommuniziert? Wie hatte er auch nur die einfachsten Wünsche zum Ausdruck gebracht, außer durch Zeigen auf das, was er haben wollte? Was aber, wenn es ihm zu kalt oder zu warm war, oder wenn er Hunger hatte: Konnte er sich nur mit Gesten artikulieren? Hatte man ihm Lesen beigebracht? Schreiben? Sich mit Zeichensprache zu verständigen? Und wenn nicht, wie hatte sein Kontakt zur Welt dann ausgesehen? Allmählich begriff Brunetti das ganze Ausmaß der Tragik. *Das goldene Ei* 4/38–39

Sprachpolizei

Brunetti aß einen Keks, nahm sich einen zweiten, sah Paola prüfend an und fragte: »Legst du dir diese Reden beim Geschirrspülen zurecht, oder stellen sich solche blumigen Formulierungen bei dir von alleine ein?«

Paola behandelte seine Frage in dem Sinn, in dem sie gestellt war. »Ich würde sagen, sie fliegen mir einfach so zu, wobei mir sicher zugutekommt, dass ich mich als Sprachpolizistin verstehe und ständig Jagd mache auf unglückliche Formulierungen und sonstige Ausrutscher.«

»Viel Arbeit?«, fragte er.

»Ohne Ende.« *Blutige Steine* 10/122

Spuren verwischen

Diese wohlüberlegte Lüge sollte den Eindruck erwecken, dass zwar genug geschah, um ihn auf Trab zu halten, aber noch keine Erfolge vorlagen, die Patta zu Nachfragen ermuntern könnten. *Nobiltà* 19/204

Standesdünkel

»Ich hatte gehofft, du würdest deine Vergangenheit hinter dir lassen, Guido, und deinen Standesdünkel«, hatte sie gesagt, nachdem er sich über die Ernennung des neuen Universitätsrektors, der den Namen zweier Dogen trug, mokiert hatte. »Würde er Scarpa heißen, hättest du über seine Ernennung kein Wort verloren.«

Ewige Jugend 6/75

Stolz

Brunetti schätzte sich glücklich, Venezianer zu sein, aber er war nicht stolz darauf. Schließlich war es nicht sein Verdienst, wo er geboren wurde oder welchen Dialekt seine Eltern sprachen: wieso also stolz darauf sein? Es war nicht das erste Mal, dass die Hohlheit menschlicher Begierden ihn traurig stimmte.

Blutige Steine 9/114

Strümpfe

Patta sah zu Signorina Elettra, aber die war damit beschäftigt, ihre Krawatte neu zu binden. Brunetti staunte, mit welcher Anmut diese Handgriffe verrichtet werden konnten. Eine dunkelgraue Krawatte mit kaum sichtbaren roten Streifen zu einer schwarzen Wollweste und Nadelstreifenhosen: Warum, bei Gott, musste er, als sie das Tuch durch den Knoten zog, an Paola denken, wie sie ihre Strümpfe auszog, damals, als Strümpfe noch getragen wurden? *Endlich mein* 19/193

Stufen

Die Treppen zu seiner Wohnung waren gewöhnlich ein genauer Gradmesser für seinen Seelenzustand. Wenn Brunetti sich gut fühlte, schienen sie kaum vorhanden; wenn er müde war, zählten seine Beine jede einzelne der vierundneunzig Stufen. Heute Abend hatte offenbar jemand welche dazugemogelt. *Endstation Venedig* 9/135

Superdetektiv

Er betrat eine stille Wohnung, doch jahrelange Erfahrung verriet ihm, dass sie nicht leer war. Im Flur schwebte der Duft von Kiefernwäldern, also hatte Raffi wieder einmal Brunettis Shampoo benutzt, und im Wohnzimmer hing Chiaras roter Wollschal über der Sofalehne. Guido Brunetti, Superdetektiv, gratulierte er sich selbst, während er den Flur hinunter zu Paolas Arbeitszimmer ging. *Heimliche Versuchung* 12 / 112

Tabu

Eigentlich war Brunetti der Überzeugung, Eltern sollten sich nicht in das Liebesleben ihrer Kinder einmischen, aber jetzt brach er dieses Tabu und schickte ein Stoßgebet an den Schutzheiligen der Jugend, Chiaras erster Geliebter möge ein guter Junge sein und sie von Herzen lieben. Er brauchte weder intelligent noch reich zu sein, weder gut auszusehen noch ein Märchenprinz zu sein: Ein guter Junge, der Chiara wirklich liebte, würde ihm reichen. *Heimliche Versuchung* 23/238

Täglicher Bedarf

»Weder hier noch da gibt es etwas für uns Venezianer zu kaufen. Olivenöl für fünfzehn Euro den halben Liter? Schuhe für siebenhundert? Der Kaffee doppelt so teuer wie üblich, wer will das schon? Und welcher Venezianer kauft einen Glaselefanten oder eine Plastikmaske?«

Dieses Argument war ihm wohlvertraut. »Paola«, bemerkte er, »fragt mich oft: ›Und wo kann ich einen Reißverschluss kaufen?‹«

Sie fuhr zu ihm herum und fragte schockiert: »Paola *näht*?«

Brunetti lächelte: »Du liebe Zeit, nein. Sie nimmt das als Metonymie für alles, was Einheimische brauchen und kaufen, im Gegensatz zu Touristen. Reißverschlüsse, Unterwäsche, Kartoffelschäler.« Und wie ein Motor, der ein letztes Mal fehlzündet, fügte er hinzu: »Zwirn.«

Heimliche Versuchung 13/129–130

Tafelfreuden

Sie setzten sich an einen runden Tisch, Brunetti gegenüber Paola, die Contessa links, der Conte rechts von ihm. Eine junge Frau kam herein und brachte als Antipasto eine riesige Platte mit Meeresfrüchten, an denen sich nicht nur die vier am Tisch, sondern auch das Küchenpersonal und die halbe Nachbarschaft hätten satt essen können.

Das Gespräch drehte sich um die üblichen Familienthemen: Kinder, Verwandte, gemeinsame Freunde, Wehwehchen – von denen es mit jedem Jahr mehr zu erzählen gab –, und schließlich die düstere Weltlage.

Tod zwischen den Zeilen 8/106–107

Tanker

»Was ist denn das?«, fragte Brunetti. (…)

»Ein Tanker«, antwortete Montisi. Er hätte ebenso gut »Lustmörder« oder »Brandstifter« sagen können, so wütend klang es.

Nachdem ihr eigener Motor verstummt war, umfing sie nur noch das Brüllen, das von dem Tanker kam. Das Universum verwandelte sich in einen einzigen Höllenlärm, der auf sie prallte wie die Druckwelle einer Explosion. Unwillkürlich hielten alle drei sich die Ohren zu, bis der Tanker an ihnen vorbei war und seinen Weg durch den Canale dei Petroli zu den Fabriken auf dem Festland fortsetzte. Seine Bugwelle erfasste jetzt das Polizeiboot und brachte es derart zum Schaukeln, dass die drei sich an der Reling festhalten mussten und wie Clowns auf dem Deck herumhüpften.

Das Gesetz der Lagune 11/132

Telefonino

Brunetti sah zu seinem Nachbarn hinüber, aber der war so sehr in sein Smartphone vertieft, dass er nicht einmal mitbekommen hätte, wenn Engel vom Himmel herabgestiegen und in geschlossener Formation neben dem Boot hergeflogen wären. *Heimliche Versuchung* 1/9

Terra incognita

Brunetti ging mit der Lagunenkarte auf die Terrasse hinaus. Das längst vertrocknete Klebeband, das einzelne Kartenteile zusammenhielt, zwang ihn, die Karte langsam auseinanderzuklappen, damit er sie auf dem Tisch ausbreiten konnte. Wie winzig die Inseln aussahen, umgeben von endlosen Sümpfen. Kilometerweit erstreckten sich in alle Richtungen die Kapillaren und Venen der Kanäle, die zweimal täglich, so regelmäßig wie der Mond, Wasser herein- und hinauspumpten. Seit tausend Jahren dienten die wenigen großen Kanäle – die bei Chioggia, Malamocco und San Nicolò – als Schlagadern, die das Wasser sauber hielten, selbst damals, als die Serenissima auf der Höhe der Macht war und Hunderttausende in ihr wohnten, die tagtäglich ihren Unrat ins Wasser kippten. *Das Gesetz der Lagune* 13/147

Testament

Da er einmal Jura studiert hatte, war er vertraut mit der Sprache, den Klauseln, mit denen Leuten, die noch nicht tot waren, irdischer Krimskrams zugeeignet, zum Nießbrauch überlassen oder in Besitz gegeben wurde. Während er die umsichtigen Formulierungen las, musste er unwillkürlich daran denken, was Vianello über die Unmöglichkeit wirklichen Besitzens gesagt hatte, denn hier hatte er den Beweis dieser Unmöglichkeit vor sich. Alle diese Sachen waren unter der Annahme der Eigentümerschaft den Erben zugeflossen und hatten so die Illusion verewigt, bis weitere Zeit verging und auch die Erben wieder durch den Tod um ihren Besitz gebracht wurden.

Vielleicht, dachte Brunetti, hatten diese keltischen Stammesfürsten es doch richtig gemacht, wenn sie ihre sämtlichen Schätze zusammen mit ihrem Leichnam auf einen Kahn laden und das Ganze brennend aufs Meer hinaustreiben ließen. *Sanft entschlafen* 8/146

Tinnitus

Raffi hatte sich letztes Jahr eine kleine Stereoanlage für sein Zimmer gekauft und beschallte seither die Familie sowie die Außenwelt in einem Radius von fünfzig Metern mit einer Musik, die Brunetti sehnsüchtig an die Tinnitus-Symptome denken ließ, von denen er einmal gelesen hatte: ein stetes mechanisches Dröhnen oder Summen im Ohr, das jedes andere Geräusch überlagert.

Die dunkle Stunde der Serenissima 7/75

Tod

Der Mann lag reglos da, so reglos wie ein Stück Fleisch auf dem Schlachtertisch, reglos wie der Tod selbst. (...) Er lag da, nackt unter seinem Laken, die Augen geschlossen. Er wartete auf nichts, denn über das Warten war er ebenso hinaus wie darüber, pünktlich oder zu spät zu kommen. Fast könnte man sagen, der Mann *war* einfach nur. Aber das wäre nicht richtig, denn er war nicht mehr. *Tierische Profite* 1/7–8

Tod von Venedig

»Die Leute glauben, dass eine Überschwemmung oder sonst eine Naturkatastrophe der Stadt den Garaus machen wird. Meiner Ansicht nach ist die Antwort viel einfacher«, sagte Padovani im Zurückkommen und reichte Brunetti ein Glas.

»Und die wäre?«, erkundigte der sich, nippte an seinem Wein und befand ihn für gut.

»Ich glaube, wir haben die Meere kaputtgemacht, und es ist nur eine Frage der Zeit, bevor sie anfangen zu stinken. Und da die *laguna* nur eine Darmschlinge der Adria ist, die wiederum eine Darmschlinge des Mittelmeers ist, das … du merkst, worauf ich hinauswill? Ich glaube, die Gewässer werden schlicht sterben, woraufhin wir die Stadt aufgeben oder die Kanäle auffüllen müssen, und in dem Fall hat es keinen Sinn mehr, hier noch leben zu wollen.« *Venezianische Scharade* 14/161–162

Totenglocken

In den ersten Minuten hörte Brunetti noch zu, aber heutzutage war die Zeremonie viel langweiliger als die, die er als Kind bei der Beerdigung seiner Großeltern und Tanten und Onkel erlebt hatte. Die Messe wurde auf Italienisch gehalten. Die lateinischen Zauberformeln waren ihm lieber gewesen. Und er fragte sich, ob man bei dieser modernen – und banalen – Zeremonie mit Absicht nicht mehr während der Messe die Totenglocken läuten ließ, deren Bimmeln so viele Mitglieder seiner Familie zu ihrer letzten Ruhestätte begleitet hatte, als Letzte seine Mutter.

Auf Treu und Glauben 28/281

Tränen

»Wie haben Sie das eigentlich hingekriegt?«, fragte Brunetti.

»Was? Die Tränen?«

»Ja.« In über zehn Jahren hatte er sie nur einmal weinen sehen, und da hatte sie echte Tränen vergossen. Viele der Geschichten um Heimtücke und menschliches Leid, die in der Questura ans Licht kamen, hätten einen Stein erweichen können, aber sie hatte stets professionell Distanz gewahrt, auch dann, wenn die anderen – der hoffnungslos prosaische Alvise eingeschlossen – spürbar betroffen waren.

»Ich habe an die *masegni* gedacht«, sagte Signorina Elettra und lächelte zaghaft.

Sonderbare Reaktionen war er von ihr zwar gewohnt, aber darauf, dass der Gedanke an alte Pflastersteine sie zu Tränen rühren könnte, war er denn doch nicht gefasst. (…)

»Man munkelt von einer Piazza irgendwo in Japan, auf der sie angeblich verbaut wurden.«

Brunetti war sichtlich verwirrt. »Japan?«, wiederholte er.

»Das sind bloß Gerüchte, Commissario«, entgegnete sie rasch. »Ich selber habe lediglich die Fotos gesehen, es kann sich also auch um eine dieser globalen Legenden handeln. Beweise gibt es jedenfalls keine – abgesehen davon, dass sie zu Beginn der Sanierungsarbeiten noch da waren, Tausende von uralten Steinen, die jetzt spurlos verschwunden sind. Falls sie sich also nicht in Lemminge verwandelt haben und eines Nachts, als keiner hinsah, in die Lagune gesprungen sind, dann hat jemand sie mitgenommen und nicht zurückgebracht.« (…) »Sogar unter der Herrschaft Napoleons und der Österreicher – die uns doch bei Gott bis aufs Hemd ausgeplündert haben – ließ man uns wenigstens die *masegni*. Heute dagegen – wenn ich nur daran denke, kommen mir die Tränen.«

Lasset die Kinder zu mir kommen 15/178–181

Traumjob

Signorina Elettra, die heute philosophisch gestimmt schien, antwortete wieder mit einem Vergleich: »Ich wollte mal von einem Klempner, der nur drei Minuten brauchte, um meinen Boiler zu reparieren, wissen, wie er sich erdreisten könne, dafür, dass er einen kleinen Schalter umlegt, achtzigtausend Lire zu verlangen. Darauf gab er mir zur Antwort, er habe zwanzig Jahre gebraucht, um zu lernen, welchen Schalter man umlegen müsse.« *Die dunkle Stunde der Serenissima* 14 / 167

»Klempner«, warf Brunetti ein und hob, um Aufmerksamkeit heischend, die Hand. »Das ist ein Beruf, zu dem ich meinen Kindern rate: Klempner werden immer gesucht. Man trifft eine Menge interessanter Leute und wird mit Aufträgen überhäuft. Dieses ewige Studieren, in Bibliotheken rumhocken und über große Ideen debattieren – das bringt doch nichts, außerdem ist es schlecht fürs Gehirn. Nein, ich plädiere für einen handfesten Beruf: viel frische Luft, anständige Bezahlung, ehrliche, harte Arbeit.«

Wie durch ein dunkles Glas 22 / 280

Tropische Hitze

Brunetti schlief zwölf Stunden. Es war ein tiefer, traumloser Schlaf, aus dem er erfrischt und angeregt erwachte. Die Bettwäsche war feucht, obwohl er in der Nacht gar nicht gemerkt hatte, dass er schwitzte.

Venezianische Scharade 30/356

Der Morgen war stickig, als liege ein Fluch über der Stadt, der sie zu drückender Hitze und schlechter Luft verdammte, während die erfrischenden Brisen sie ihrem Schicksal überließen und sonst wo wehten.

Venezianische Scharade 26/318

Umgekehrte Hierarchie

»Da wir keinen Aufzug haben, ist bei uns alles auf den Kopf gestellt«, erklärte Brunetti entschuldigend.

Pascalicchio blieb mitten auf der Treppe stehen. »Wie bitte? Entschuldige, da komme ich nicht mit.« Sein Lächeln machte ihn um Jahre jünger.

Brunetti ging weiter, langsam genug, dass der andere folgen konnte. »In den meisten Amtsgebäuden«, erklärte er, »sitzen die ranghöchsten Beamten ganz oben, mit Blick über die Dächer. Na ja, im Film jedenfalls.«

»Und hier?«, fragte Pascalicchio.

»Hier klettern die Arbeiterbienen in die höchsten Etagen. Wo der Aufzug fehlt, machen es sich die Ranghöheren weiter unten bequem.«

Geheime Quellen 9/82–83

Umweltbewusstsein

Die Umweltsorgen seiner Kinder hatten Brunetti zum Lesen veranlasst, und einmal aufmerksam geworden, hatte er die Lektüre ausgedehnt und aus all den Informationen diesen Schluss gezogen, den er seinen Kindern bisher vorenthalten hatte. Dort drüben auf dem Festland stand die tägliche Mahnung, eine gigantische petrochemische Anlage, die seit Jahrzehnten ihre Abwässer in die Lagune pumpte und alles vergiftete: die Fische, die er aß, die Muscheln, die seine Kinder liebten, den Radicchio, der auf dem Gut von jemandem aus der Familie seiner Frau auf der Insel Sant'Erasmo wuchs – ganz zu schweigen von all dem, was die gewaltigen Schlote seit Jahren unbekümmert in die Luft pusteten.

Ewige Jugend 16/186

Unbequeme Tugenden

Großzügigkeit ließ sich jeder gern nachsagen, anders als etwa Redlichkeit oder Gerechtigkeitssinn, diese sperrigeren, unbequemen Tugenden.

Das goldene Ei 22/235

Ungerechtigkeit des Ehelebens

Im Schlafzimmer sah Brunetti, dass sie ein langes rotes Kleid auf dem Bett ausgebreitet hatte. Er erinnerte sich nicht, es schon einmal gesehen zu haben, aber das tat er selten und hielt es für das beste, es nicht zu erwähnen. Wenn sich herausstellte, dass es neu war, und er eine Bemerkung darüber machte, klang es womöglich so, als fände er, dass sie zu viele Kleider kaufte, und wenn sie es schon einmal getragen hatte, würde es so klingen, als beachtete er sie zu wenig. Er seufzte über die ewige Ungerechtigkeit des Ehelebens, machte den Schrank auf und fand, dass der graue Anzug doch passender war.

Endstation Venedig 9 / 138

Universelle Gefühle

Brunetti erinnerte sich, wie er schon bei der bloßen Vorstellung eines verliebten Alvise gelacht hatte, gelacht, bis Paola mit eisiger Stimme sagte: »Nur weil wir klüger sind als die meisten anderen, Guido, müssen unsere Gefühle noch lange nicht edler sein.«

Verlegen hatte er seine Einstellung zu begründen versucht, aber wie immer, wenn es um intellektuelle Redlichkeit ging, war sie unbeugsam geblieben. »Es ist sehr praktisch für uns zu glauben, dass alle die hässlichen Gefühle wie Hass und Wut in den niederen Rängen zu Hause sind, als hätten diese ein verbrieftes Recht darauf. Kein Wunder also, wenn wir dann Liebe, Freude und alle diese erhabenen Gefühle für uns beanspruchen.« Er hatte aufbegehren wollen, aber sie hatte ihm mit einer Handbewegung das Wort abgeschnitten. »Die Dummen, die Langweiler, die Ungehobelten, sie können Liebe genauso stark empfinden wie wir. Sie verstehen ihre Gefühle nur nicht in so hübsche Worte zu kleiden.« *Nobiltà* 20/217

Unsichtbar

Im Restaurant hatten über vierzig auswärtige Gäste gespeist, dazu kamen die eigentlichen Hotelgäste; dennoch war es möglich, dass die Angestellten in der Bar sich an die Frau erinnerten. Oder auch nicht: Paola hatte einmal bemerkt, ab einem bestimmten Alter seien Frauen – vor allem, wenn sie ergraut waren – praktisch unsichtbar. *Ein Sohn ist uns gegeben* 24/256

Unter Männern

Brunetti hatte Lolo seit über einem Jahr nicht gesehen und staunte selbst, wie sehr er sich freute und wie viel er für seinen alten Freund empfand. »Lolo«, rief er dem Marchese zu, der die Bar ansteuerte. Der machte auf dem Absatz kehrt und eilte ihm entgegen. Die beiden fielen sich in die Arme, drückten sich herzlich, ließen los und umarmten sich noch einmal wie zwei Bären.

Wie bei jedem Wiedersehen nach längerer Zeit riefen beide: »Du hast dich gar nicht verändert«, klopften sich gegenseitig auf die Schulter und umarmten sich erneut.

»Wo hast du diesmal gesteckt?« Brunetti sah seinem Freund forschend ins Gesicht. *Ewige Jugend* 11/117–118

Unvollkommenheiten

Brunetti hatte genug von Tod und Gewalt, genug von gestohlener Schönheit und der Gier nach dem Vollkommenen. Er sehnte sich nach dem Frühling mit seinen vielen Unvollkommenheiten. *Acqua alta* 28/363

Vaporetto Linie eins

Wie ein Pinguinjunges, dem sich das Bild seiner Mutter unauslöschlich eingeprägt hat, so gut kannte Brunetti den Fahrplan der Linie eins.

Lasset die Kinder zu mir kommen 15/183

Vaterfreuden

Brunetti war weder religiös noch abergläubisch, und doch hätte er, wenn ihm nur die passende Gottheit eingefallen wäre, ihr freudig seinen Dank dafür entrichtet, dass seine Kinder gesund und wohlauf waren. So aber beschlich ihn immer wieder eine leise Bangigkeit, ob das Glück auch anhalten würde, und er hörte nie auf, sich um sie zu sorgen. *Wie durch ein dunkles Glas* 11/137

Neben ihm auf dem Bett lag ein Hemd seines Sohnes. Brunetti zog es zu sich heran und hielt es sich vors Gesicht, roch den Duft seines Sohnes, denselben, den er zum ersten Mal an dem Tag gerochen hatte, als Paola mit Raffi aus dem Krankenhaus gekommen war und Brunetti sein Gesicht auf den runden Bauch des nackten Babys gedrückt hatte. Die Kehle wurde ihm eng, und er schmeckte Salz. *Acqua alta* 10/126

Vegetarier

Brunetti hatte nie eine Kuh gemolken; soweit er sich erinnerte, hatte er allenfalls mal bei Wanderungen in den Bergen einer Kuh das Maul getätschelt, und die hatte friedlich hinter einem Zaun gestanden. Paola, noch mehr Stadtkind als er, gab offen zu, dass Kühe ihr Angst machten, aber das war Brunetti schon immer unbegreiflich. Für ihn waren sie perfekte Milchmaschinen: Am einen Ende ging Gras hinein, am anderen kam Milch heraus: großartig.

Er klickte auf den nächstbesten Artikel in der Trefferliste und begann zu lesen. Nach einer Stunde schaltete ein erschütterter Brunetti den Computer aus und presste die wie zum Gebet aneinandergelegten Hände an seine Lippen. Das war es also, jetzt verstand er, warum Chiara zur Vegetarierin geworden war und sich, auch wenn sie bei Brathähnchen gelegentlich rückfällig wurde, so hartnäckig weigerte, Rindfleisch zu essen. Genau wie Vianello und Signorina Elettra.

Tierische Profite 10/80–81

Vendetta

»Unsere Väter hatten als junge Männer Streit, vor etwa fünfzig Jahren«, sagte Signora Follini, diesmal mit so unbewegtem Gesicht, dass Brunetti nicht wusste, ob sie es ernst meinte oder sich nur darüber lustig machte, wie es in kleinen Dörfern angeblich zuging.

Das Gesetz der Lagune 5/53

Venedig bei Nacht

In diesen Stunden war die Stadt für Brunetti am schönsten, denn gerade dann konnte er, der durch und durch Venezianer war, etwas von ihrer früheren Pracht erahnen. Die Dunkelheit verbarg das Moos, das über die Stufen der Palazzi entlang des Canal Grande heraufkroch, machte die Risse in Kirchenmauern unsichtbar und deckte die Stellen zu, wo der Putz von öffentlichen Gebäuden blätterte. Wie so viele Frauen in gewissem Alter konnte die Stadt nur mit Hilfe trügerischen Lichts ihre verschwundene Schönheit wiedererlangen. Ein Boot, das am Tage schlicht eine Ladung Seifenpulver und Kohl transportierte, wurde bei Nacht zu einem mysteriösen Gefährt, das einem geheimnisvollen Ziel entgegenglitt. Der Nebel, der in diesen Wintertagen so häufig war, verwandelte Menschen und Dinge; selbst langhaarige Teenager, die an einer Gassenecke herumhingen und sich eine Zigarette teilten, wurden zu geheimnisvollen Phantomen aus der Vergangenheit.

Venezianisches Finale 4/47–48

Venezianische Frauen

Wie viele venezianische Frauen hatte Paola einen hellen Teint und das rotblonde Haar, das man so oft auf Porträts aus dem achtzehnten Jahrhundert sieht.

Venezianisches Finale 5/63

Venezianische Hintergrundmusik

Man hörte die Motoren und Hupen der vorbeifahrenden Boote und ab und zu eine Sirene, da der Palazzo als Teil des künstlerischen Erbes der Stadt keine Doppelglasfenster haben durfte, so dass sie das Hintergrundgeräusch für alle Gespräche in den vorderen Zimmern bildeten. Die nach hinten hinausgehenden Zimmer waren stiller, doch sie hatten weniger Licht.

Ein Sohn ist uns gegeben 3/40

Venezianische Knie

Auf dem *traghetto,* das zwischen dem Anleger an der Salute und San Marco verkehrte, richteten seine venezianischen Kniegelenke sich wie von selbst auf die ruckhaften Schaukelbewegungen ein, die im Wechselspiel zwischen den Ruderschlägen der *gondolieri* und der Strömung aus der Lagune entstanden.

Verschwiegene Kanäle 15 / 168

Venezianische Logistik

»Wie jeden Dienstag wollte ich Signorina Elettra zum Blumenmarkt fahren«, sagte Foa. »Noch nie sind mir so viele Boote begegnet. Bei diesen Touristenmassen werden Unmengen Waren angeliefert. Und alles Mögliche abtransportiert. Am Vormittag. So ein Chaos. Wir haben bis zum Rialto fast eine halbe Stunde gebraucht.«

»Eine halbe Stunde?«, wiederholte Brunetti ungläubig, der die Strecke täglich zu Fuß lief und dabei schneller war. *Geheime Quellen* 5/47

Venezianische Träume

Brunetti wunderte sich immer wieder, dass jemand, der in einer Stadt ohne Autos wohnte, eine Autozeitschrift las. Träumten einige seiner vom Meer umschlossenen Mitbürger vielleicht von Autos wie Gefängnisinsassen von Frauen? Sehnten sie sich in der absoluten Stille, die des Nachts über Venedig lag, nach Verkehrsgetöse und Hupkonzerten? Aber vielleicht wollten sie, viel undramatischer, nur bequem vom Supermarkt nach Hause fahren können, vor der Tür parken und die Einkäufe ausladen, statt schwere Tüten durch überfüllte Gassen, über Brücken und dann noch die vielen Treppen hinaufzuschleppen, die wohl das unausweichliche Schicksal aller Venezianer waren. *Acqua alta* 9/121

Venezianisches Glaubensbekenntnis

Brunetti wusste, auch wenn Patta Sizilianer war, hatte er in Venedig lange genug unter Politikern und jenen verkehrt, die hier als High Society galten, um den venezianischen Glauben an den Tourismus verinnerlicht zu haben. Opfert kleine Kinder, treibt die Einwohner zusammen und verkauft sie als Sklaven, massakriert alle wahlberechtigten männlichen Bürger, bringt Jungfrauen auf den Altären der Götter dar: Tut das alles und mehr, aber rührt mir weder Touristen noch den Tourismus an. Das Schwert des Mars war nicht so mächtig wie ihre Kreditkarten; sie waren die wahren Eroberer.

Auf Treu und Glauben 23/236

Venezianisches Sprichwort

Brunetti schaltete umgehend auf den Dialekt seiner Großeltern und nuschelte: *»Noialtri semo zente che no se lassemo strucar le segole in te i oci.«*

»Was heißt das?«, fragte Griffoni.

»Dass wir uns von niemandem zum Narren halten lassen. So ungefähr.« *Heimliche Versuchung* 22/215

Veneziano

Hocherfreut hörte Brunetti die Frau am anderen Ende sich im reinsten Veneziano melden, und das sogar noch mit unüberhörbarem Castello-Akzent. Egal, was Dante über den süßen Klang des Toskanischen gesagt hatte, nein, dies war die Sprache, die entzückte.

Acqua alta 18/248

Als gebürtige Venezianer unterhielten sie sich dennoch auf Italienisch, nicht auf Veneziano. Brunetti und Paola hatten von Anfang an darauf vertraut, dass die Kinder den Dialekt ohnedies lernen würden, von Freunden und auf der Straße. Und so war es auch: Den Kindern ging Veneziano genauso mühelos über die Lippen wie ihrem Vater, der damit aufgewachsen war. Paola wiederum hatte den Dialekt – auch wenn sie das nicht an die große Glocke hängte – als Kind nicht von ihren Eltern, sondern nur bisweilen von den zahlreichen Dienstboten im Palazzo Falier aufgeschnappt, weshalb sie ihn weniger gut beherrschte als die anderen. *Das goldene Ei* 1/7

Verdacht

Paola nahm die Füße vom Sofa und richtete sich auf. Nachdem sie ihr Glas auf den Tisch gestellt hatte, wandte sie sich Brunetti zu und zupfte ein langes dunkles Haar von seiner Hemdbrust. Sie ließ es auf den Teppich fallen und erhob sich. Ohne etwas zu sagen, ging sie in die Küche, um die restlichen Vorbereitungen fürs Abendbrot zu treffen.

Lasset die Kinder zu mir kommen 15/192

Verfolger

»Mir ist niemand gefolgt.« Das stimmte. Nur ein Einheimischer hätte durch die schmalen Gässchen der Stadt jemanden verfolgen können; nur ein Einheimischer konnte nachvollziehen, wo man plötzlich nicht mehr weiterkam, irgendwo abbiegen musste, in Sackgassen geriet. *Acqua alta* 17/234–235

Verlässliche Zeugen

»Würden Sie den Sohn der Signora wiedererkennen?«

Er sah an ihrem Mienenspiel, wie nordeuropäische Redlichkeit und Gesetzestreue mit all den Vorurteilen rangen, die man ihnen über diese heimtückischen Südländer eingetrichtert hatte. Umso erfreuter war er, als schließlich beide wie aus einem Mund »Ja« sagten.

Beweise, dass es böse ist 22/306

Verlust der Hoffnung

Vor zehn Jahren hätte ein solches Gespräch Brunetti in flammende Wut versetzt, jetzt aber bestätigte es lediglich das traurige Bild, das er von seinen Kollegen hatte. In seinen schwärzesten Momenten fragte er sich, ob nicht die meisten von ihnen im Sold der Mafia standen, aber er wusste, dass dieser Vorfall nichts weiter war als ein erneutes Beispiel für die verbreitete Inkompetenz und Interesselosigkeit. Oder vielleicht manifestierte sich darin, was er selbst zunehmend empfand: ein Gefühl, dass alle Versuche, Verbrechen einzuschränken, zu verhindern und zu bestrafen, zum Scheitern verurteilt waren. *Feine Freunde* 19/232

Verrat

»Ohne Verrat gäbe es keine Literatur. (…) Überleg doch mal«, sagte Paola mit einer ausladenden Geste. »Gilgamesch wird verraten, genau wie Beowulf, genau wie Othello; die Spartaner werden in einen Hinterhalt der Perser gelockt –«

»Das ist Geschichte«, unterbrach Brunetti sie.

»Wenn du meinst«, räumte Paola ein. »Aber was ist mit Odysseus? Ist der nicht auch nur ein grandioser Betrüger? Und Billy Budd, Anna Karenina, Jesus, Isabel Archer: Sie alle werden verraten. Sogar Kapitan Ahab …«

»Von einem *Wal*?«

»Nein, er wurde ein Opfer seines Größenwahns und seiner Rachsucht. Seine Schwächen verraten ihn gewissermaßen.« *Auf Treu und Glauben* 12/113–114

Verschwendung

In seiner Kindheit war Verschwendung verpönt gewesen, weil sie arm waren; heute war sie verpönt, weil sie reich waren. *Endstation Venedig* 15/233

Verschwiegenheit

Wer wusste schon, was im Kopf einer Nonne vorging, erst recht, wenn sie aus dem Süden kam? Den Leuten dort war Verschwiegenheit in Fleisch und Blut übergegangen, sie bekamen die Konsequenzen einer unbedachten Äußerung von Kindesbeinen an mit. (…) Niemand hatte etwas gesehen; niemand hatte etwas bemerkt.

Das war ihnen tief eingeprägt: Wer zu viel redete oder sich verplapperte, brachte nicht nur sich selbst, sondern die ganze Familie in Gefahr. Das war und blieb ihre Wahrheit, auch nach noch so vielen Jahren in einem Kloster in Venedig. Eher würde Brunetti auf Engelsflügeln ins Paradies entschweben, als dass Madre Rosa offen mit der Polizei redete. *Reiches Erbe* 9/93–94

Verschwörung

In Italien werden Verschwörungstheorien schon mit der Muttermilch eingesogen, und Italiener neigen dazu, überall Verschwörungen zu wittern. (...) Verschwörungen führten zweifellos zu Heimlichtuerei, aber Brunetti wollte nichts davon wissen, dass dies auch andersherum galt und jede Heimlichtuerei gleichbedeutend mit einer Verschwörung war. *Venezianische Scharade* 14/170

Versunken

Als es klingelte, lag Brunetti mit einem offenen Buch auf dem Bauch im Wohnzimmer auf dem Sofa. Da er allein in der Wohnung war, wusste er, dass er gleich aufstehen und an die Tür gehen musste, vorher aber wollte er den letzten Absatz des achten Kapitels von Xenophons *Anabasis* fertiglesen, weil er gespannt war, welch neue Katastrophen die Griechen auf ihrem Rückzug erwarteten. Es klingelte wieder, zwei fordernde kurze Töne, und er legte das Buch hin, die aufgeschlagenen Seiten nach unten, nahm seine Brille ab, deponierte sie auf der Sofalehne und erhob sich. *Feine Freunde* 1/7

Vertrauen

»Ich kenne Donatella seit über vierzig Jahren. Die meiste Zeit hatte ich vollstes Vertrauen zu ihr«, sagte Contessa Lando-Continui.

»Nur die meiste Zeit?«, fragte Brunetti.

»Ich finde es voreilig, Menschen, die wir noch nicht gut kennen, Vertrauen zu schenken.«

Ewige Jugend 3/39–40

Vivaldi

Am oberen Ende der Treppe tönte ihnen von links, wo die drei großen Empfangsräume lagen, Musik entgegen. Paola und Brunetti folgten den Klängen durch einen Spiegelgang, begleitet von ihren eigenen verschwommenen Abbildern. Die großen Eichentüren zum ersten Raum standen weit offen und ließen Licht, Musik und den Duft teurer Parfums und Blumen zu ihnen herausdringen.

Das Licht kam von Kerzenleuchtern entlang der Wände und von zwei riesigen, mit verspielten Engelchen und Cupidos bedeckten Kronleuchtern aus Muranoglas, die von der hohen bemalten Decke hingen. Die Musik kam von einem diskreten Trio in der Ecke, das ein Stück von Vivaldi aus einer seiner weniger originellen Phasen spielte. Den Duft verströmte die Schar in lebhaften Farben gekleideter und noch lebhafter plaudernder Damen, die den Raum schmückten.

Venezianisches Finale 12 / 143–144

Völlerei

Die Priester, erinnerte Brunetti sich, hatten ihm und seinen Freunden beigebracht, Völlerei sei eine Todsünde, aber was genau darunter zu verstehen sei, hatte Brunetti nie begriffen. Das heißt, natürlich war ihm klar, dass es »zu viel essen« bedeutete, aber er hatte nie verstanden, wo dieses »zu viel« anfing. Wie konnte es unrecht sein, die Mutter um eine zweite Portion ihrer *sarde in saor* zu bitten? Ab welcher Sardine wurde das Vergnügen zur Sünde? Dieses unlösbare Rätsel hatte den jungen Brunetti auf die Vermutung gebracht, für Priester sei Genuss schlechthin mit Sünde gleichbedeutend, und damit war die Sache für ihn erledigt.

Das goldene Ei 3/28

Vorgesetzte

»Wenn du Patta für jede seiner Beleidigungen eine Kugel verpassen würdest, sähe er aus wie ein Schweizer Käse.« Paola lächelte, und Brunettis Leben kam wieder ins Lot.
Stille Wasser 3/31

Wie jeder Vorgesetzte bot auch Vice-Questore Giuseppe Patta seinen Untergebenen reichlich Diskussionsstoff. Seine Motive waren in der Regel leicht zu durchschauen, denn ob er sich nun zum Handeln entschloss oder lieber den Kopf einzog, stets ging es um Machterhalt und Machterweiterung. Es hatte indes auch Situationen gegeben, wo er Schwächen offenbarte, Schwächen, denen er sogar seinen hemmungslosen Ehrgeiz unterordnete und die immer dann auftraten, wenn es galt, seine Familie zu schützen. Brunetti, der Patta sonst nicht über den Weg traute und ihn für seine durchsichtigen Spielchen verachtete, zollte diesen Schwächen uneingeschränkten Respekt.
Verschwiegene Kanäle 11/120–121

Er dachte an Kollegen in anderen Städten und Provinzen und was die von ihren Vorgesetzten erzählten, wie oft sie – ohne es jemals offen auszusprechen – zu verstehen gaben, dass manche hochrangigen Beamten längst nicht mehr dem Staat, sondern einer anderen Institution dienten, was man dem Vice-Questore immerhin nicht nachsagen konnte.

Pattas Engagement, hatte Brunetti im Lauf der Jahre erkannt, galt ausschließlich seiner Familie. Bedingungslos und ohne Vorbehalt: Das machte ihn Brunetti sympathisch.

Endlich mein 20/195

Vorurteile

»Natürlich übertreibe ich«, entgegnete Griffoni scharf. Schwieg dann aber so lange, bis ihre Züge sich ein wenig entspannt hatten. »Aber hier im Norden kann ich dem nicht entkommen. Das liegt hier in der Luft.«

Ihm wurde seine eigene Scheinheiligkeit bewusst, die bei allem, was er sagte, durchscheinen mochte, und er blieb daher lieber stumm. Wie konnte er dieser Frau sagen, sie sehe Gespenster, wenn sein eigener Argwohn gegenüber Süditalienern so fest in ihm eingewurzelt war wie seine Zähne? Wie die Zähne stammte auch dieser Argwohn aus seiner Kindheit und war gewachsen, ohne dass er dem Beachtung schenkte.

Das goldene Ei 20/216

Wahre Männer

Brunetti dachte an die Kneipen seiner Jugend, wo rauhbeinige Arbeiter nach der Arbeit zusammenkamen, um endlos *scopa* zu spielen. Er erinnerte sich an die winzigen Bechergläser, an den dunklen, fast schwarzen Rotwein darin, den die Männer zwischen den Partien in kleinen Schlucken tranken. Der Flüssigkeitspegel schien nie zu sinken, auch konnte Brunetti sich nicht erinnern, dass irgendeiner von ihnen jemals mehr als ein Glas am Abend bestellt hatte. Sie spielten mit Hingabe, trumpften so mächtig auf, dass die Tischbeine wackelten, und reckten sich jubelnd vor, wenn sie den Gewinn des Abends einstrichen. Was mochte das damals gewesen sein, hundert Lire, gerade genug, um den Wein der Mitspieler zu bezahlen? (...)

Einige der Männer am Tisch hatten sich das Gesicht gewaschen und ihr gutes Jackett angezogen; andere kamen direkt von der Arbeit und trugen noch ihre dunkelblauen Overalls und schweren Stiefel. Was war aus diesen Kleidern und Stiefeln geworden? Und was war aus all den Männern geworden, die zum Arbeiten noch Körper und Hände gebraucht hatten? Hatte man sie durch die aalglatten Typen ersetzt, die exklusive Geschäfte und Boutiquen führten und allesamt aussahen, als würden sie unter einem schweren Paket oder einem heftigen Windstoß zusammenbrechen? *Schöner Schein* 12/129–130

Wahrheit

»Spielen Sie auf Signora Altavilla an?«, fragte Brunetti.

»Ja. Sie war der Überzeugung, man solle immer die Wahrheit sagen, egal um welchen Preis. Und ihren Sohn hat sie offenbar auch in diesem Sinn erzogen.«

»Halten Sie das für einen Fehler?«, fragte Brunetti verblüfft.

»Nein, meine Herren«, sagte sie mit einem knappen Lächeln. »Für Luxus.« *Reiches Erbe* 8/91–92

Brunetti hatte im Laufe der Jahre unzählige Male miterlebt, wie Menschen an den Punkt kamen, an dem sie nicht mehr weiterkonnten, den Punkt, an dem sie, wie widerstrebend auch immer, die Wahrheit sagten. Wie eine belagerte Stadt: Zuerst fielen die äußeren Verteidigungsstellungen, dann kam der erste Rückzug, das erste Zugeständnis an den nahenden Feind. Es hing vom Verteidiger ab, ob der Kampf schnell oder langsam weiterging, an diesem oder jenem Schutzwall ins Stocken geriet; vielleicht gab es einen Gegenangriff, vielleicht auch nicht. Aber die erste Reaktion war immer dieselbe: der fast erleichterte Verzicht auf die Lüge, der am Ende der Wahrheit das Tor öffnete.

Venezianisches Finale 24/323–324

Griffoni bedachte ihn mit einem kühlen Blick. »Und weil ihr bestimmte Schlüsse zieht, habt ihr recht? Wenn zwei einen Verdacht haben, wird der zur Wahrheit?«

Heimliche Versuchung 27/289

Was sich liebt

»Ach, hör auf, Guido, beschäftige dich mit irgendwas. Geh fernsehen.«

»Ich hasse Fernsehen.«

»Dann hilf mir beim Abwasch.«

»Ich liebe Fernsehen.« *Endstation Venedig* 12/187

Wasserpolizei

Brunetti sah ein 30-Sekunden-Video, in dem ein kleines Mädchen seine das Geschirr unter dem heißen Hahn abspülende Mutter fragte, warum sie nicht lieber das Spülbecken füllte.

Die Kleine sah ganz anders aus als Chiara in dem Alter, aber in ihrem Ernst und dem Wunsch, Wasser zu sparen, war sie seiner Tochter sehr ähnlich. Als Chiara vor Jahren mit solchen Fragen gekommen war, hatte Brunetti sie im Scherz zur »Wasserpolizei« ernannt. Doch mit der Zeit hatten die immer deutlicher spürbaren Klimaveränderungen dem Spitznamen die Spitze genommen: Er nannte sie schon lange nicht mehr so.

Geheime Quellen 12/122–123

Am nächsten Tag war es womöglich noch heißer, und als Brunetti kurz nach sechs in feuchten Laken aufwachte, glaubte er, sich vage zu erinnern, mehrmals in der Nacht wach gelegen zu haben. Da keine Vertreter der Wasserpolizei anwesend waren, genehmigte er sich den Luxus einer ausgiebigen Dusche, erst warm, dann kalt, dann wieder warm. Schlimmer noch, er rasierte sich sogar unter der Dusche – ein ökologischer Exzess, der ihm heftige Vorwürfe seiner beiden Kinder eingebracht hätte. *Auf Treu und Glauben* 18/168

Wehmut

Brunetti erinnerte sich an eine Freundin seiner Mutter, eine Klatschbase sondergleichen, die ständig ihre Nase in anderer Leute Töpfe steckte. Immer wenn seine Mutter sie vorbeigehen sah, erklärte sie ihrem Sohn mit einem jener Wörter, die sie selbst erfunden hatte: *»curiosare«* – damit sei die Frau mal wieder beschäftigt. Was hätte nicht alles aus seiner Mutter werden können, wäre es ihr möglich gewesen, länger als vier Jahre zur Schule zu gehen! Niemand, nicht einmal Paola, wusste, wie sehr sie ihm immer noch fehlte.

Heimliche Versuchung 14/142

Weibliche Intuition

»Ich finde dein Interesse an Elettra eigenartig. Und ich glaube, wenn ich noch etwas länger darüber nachdenken müsste, würde ich es wahrscheinlich anstößig finden.« *Das Gesetz der Lagune* 21/244

Weißes Venedig

Als Brunetti verschlafen nach den Fenstern sah, erblickte er (…) weiße Dächer und einen Himmel, der so blau war, dass es ihm in den Augen weh tat. Nicht die Spur einer Wolke war zu sehen, als seien sie alle in der Nacht gebügelt und über der Stadt ausgebreitet worden. (…) Er trat ans Fenster. Schon liefen die ersten Spuren winziger Vogelfüße über den Schnee auf der Dachterrasse. Eine führte bis an den Rand und brach dann ab, als habe der Vogel nicht der Versuchung widerstehen können, sich mitten in all dieses Weiß hinabzustürzen. Ohne nachzudenken, öffnete er die Glastür und bückte sich, um den Schnee anzufassen, um festzustellen, ob er von der schweren nassen Sorte war, die sich gut zu Schneebällen verarbeiten ließ, oder eher trocken, so dass er beim Gehen vor einem aufstob.

»Bist du von Sinnen?«, fragte hinter ihm eine entrüstete Stimme unter einem Kissen hervor. Ein jüngerer Brunetti hätte jetzt vielleicht eine Ladung Schnee ans Bett gebracht, aber der hier begnügte sich damit, mit einer Hand einen Abdruck in den Schnee zu machen. Jetzt wusste er, der Schnee war trocken.

Schöner Schein 19/221–222

Welt nach dem Sündenfall

»Stimmt etwas nicht?«, erkundigte sie sich.

»Ach, das Übliche«, meinte Brunetti, während er die Vase unter den Wasserhahn hielt und das kalte Wasser aufdrehte. »Wir leben in einer Welt nach dem Sündenfall.«

Paola wandte sich wieder ihren Erbsen zu. »Das dürfte jedem bekannt sein, der einen unserer beiden Berufe ausübt«, antwortete sie.

»Bei dir auch?«, fragte er neugierig. Nach zwanzig Jahren Polizeidienst brauchte ihm niemand mehr zu sagen, dass die Menschheit der Gnade verlustig gegangen war.

»Du hast es mit dem moralischen Verfall zu tun, ich mit dem geistigen.« *Feine Freunde* 17/200–201

Winter in Venedig

Venedig, einst Hauptstadt der Ausschweifungen eines ganzen Kontinents, war zur verschlafenen Provinzstadt geworden, die nach neun oder zehn Uhr abends buchstäblich aufhörte zu existieren. Im Sommer erinnerte sie sich ihrer Kurtisanenvergangenheit und glänzte, solange die Touristen zahlten und das schöne Wetter anhielt, im Winter aber wurde sie zu einer müden alten Matrone, die darauf bedacht war, möglichst früh ins Bett zu kriechen, und ihre verlassenen Gassen den Katzen und den Erinnerungen an vergangene Zeiten überließ.

Venezianisches Finale 4/47

Witwen

Ein langer Rock reichte der alten Frau weit bis über die Knie, darüber trug sie eine Art Wolljacke, die fest zugeknöpft war. Um die Schultern und über den Kopf war ein gehäkelter Wollschal geschlungen, dessen beide Enden ihr bis fast auf die Hüften hingen.

Diese Kleidung wies sie ebenso eindeutig als *vedova* aus, als hätte sie ein großes V auf der Brust getragen oder ein Plakat in der Hand gehalten. Im Süden wimmelte es von solchen Witwen, die, ganz in Schwarz gehüllt, dazu bestimmt waren, wolkengleich durch die verbleibenden Jahre ihres Lebens zu wehen. Was sie tun durften und was nicht, war so streng geregelt wie bei den Bauersfrauen in Bengalen oder Peru. Aber so war das eben im Süden, und hier war man in Venedig, wo die Witwen bunte Farben trugen und tanzen gingen, wann und mit wem sie wollten, auch wieder heirateten, wenn ihnen der Sinn danach stand.

Das Gesetz der Lagune 10/115–116

Wunder

»Findest du nicht auch, dass die alltäglichsten Dinge, die wir tun – ein Glas hochheben, die Schuhe schnüren, ein Liedchen pfeifen –, kleine Wunder sind?«

»Warum tust du dann, was du tust?« Brunetti war selbst von seiner Frage überrascht.

»Was meinst du damit?«, fragte Rizzardi. »Ich verstehe nicht.«

»Dich Menschen widmen, nachdem die Wunder vorbei sind.« *Tierische Profite* 1/14

Wut

Brunetti nahm seine Wut mit sich nach Hause, und sie saß auch noch zwischen ihm und seiner Familie am Esstisch. *Endstation Venedig* 25/381

Xenophon

»Ich gehe wieder nach Persien«, sagte Brunetti zu Paola, streifte die Schuhe von den Füßen und legte sich aufs Sofa. (…) Er stellte sein Glas auf den Couchtisch und nahm das Buch zur Hand, das er bei Signor Rossis Ankunft weggelegt hatte. »Xenophon«, erklärte er, wobei er es an der Stelle mit dem Lesezeichen aufschlug, schon wieder ganz in jenem anderen Teil seines Lebens angekommen.

»Sie konnten sich doch retten, die Griechen, nicht wahr? Und sind wieder nach Hause gekommen?«

»So weit bin ich noch nicht«, antwortete Brunetti.

Paolas Stimme klang jetzt doch ein wenig gereizt. »Guido, du hast Xenophon mindestens schon zweimal gelesen, seit wir verheiratet sind. Wenn du nicht mehr weißt, ob die Griechen es nach Hause geschafft haben, dann hast du entweder nicht aufgepasst, oder es müssen die ersten Symptome von Alzheimer sein.«

»Ich tue einfach so, als wüsste ich nicht, wie es ausgeht, dann habe ich mehr davon«, erklärte er und setzte seine Brille auf. Er fand die Stelle, an der er aufgehört hatte, und begann zu lesen.

Paola sah ihm eine Weile zu, dann goss sie sich noch einen Grappa ein und nahm ihn mit in ihr Arbeitszimmer. Ihren Mann überließ sie einstweilen den Persern.

Feine Freunde 3/40–41

Yachten und Privatflugzeuge

Sie nannte ihm den Bürgermeister einer großen Stadt in der Lombardei und den Generaldirektor eines Pharmakonzerns. Als Brunetti den Kopf herumwarf und sie groß ansah, lächelte sie grimmig und fügte noch den Namen eines der Staatssekretäre im Justizministerium hinzu. »Das ist ein multinationales Unternehmen, Commissario. Wir reden hier nicht von zwei alten Männern, die bei einem Glas Billigwein in einer Bar sitzen und sich über Huren unterhalten; wir reden von Vorstandsetagen und Yachten und Privatflugzeugen, und von Befehlen per Fax und Mobiltelefon. Es sind Männer, die echte Macht haben. Was meinen Sie, wie die es geschafft haben, die Aufzeichnungen über Faveros Autopsie verschwinden zu lassen?«

»Woher wissen Sie das alles?«, fragte Brunetti.

Vendetta 27/336

Yoga & Co

Brunetti hielt die Spannung nicht länger aus: »Sie sehen so verändert aus, Signorina. Woran liegt das?«

Die Frage kam offenbar völlig überraschend. »Sie haben es bemerkt, Dottore?«

»Ja, natürlich«, antwortete Brunetti, der immer noch im Dunkeln tappte.

Da erhob sich Signorina Elettra, breitete die Arme aus, schwang sie graziös empor, und ehe er sich's versah, ging sie mit vorgeneigtem Oberkörper in Stellung und zielte mit dem rechten Arm auf ihn. »Ich nehme seit kurzem Unterricht«, gestand sie feierlich. Was Brunetti nicht weiterhalf. Unterricht worin: Yoga? Karate? Ballett?

Sie schien ihm seine Ratlosigkeit anzusehen. Lachend beugte sie die Knie, wandte ihm ihr Profil zu und schwang in der Rechten eine unsichtbare Waffe, mit der sie blitzschnelle Stöße in seine Richtung vollführte.

»Fechten?«, fragte er.

Falls eine so anmutige Bewegung diesen Namen verdiente, machte sie einen Ausfallschritt und tänzelte mit zwei winzigen Sprüngen auf ihn zu, kollidierte aber im letzten Moment mit der Schreibtischkante.

Das Mädchen seiner Träume 22/248

Zärtlichkeit

»*Ciao,* Guido«, sagte Paola, sah auf und lächelte ihn an.

Er warf den blauen Ordner auf den Küchentisch, ging zu ihr hin und küsste sie auf den Nacken.

»Bei der Hitze?«, fragte sie, lehnte sich aber dabei gegen ihn.

Er leckte zart an der Haut in ihrem Nacken. »Salzmangel«, sagte er und leckte wieder.

Venezianische Scharade 4/47–48

Zaubertrank

Brunetti hatte tagtäglich mit Menschen zu tun, die sich für unglücklich hielten und zudem glaubten, durch irgendein Verbrechen – Diebstahl, Mord, Betrug, Erpressung, sogar Menschenraub – den Zaubertrank zu finden, der ihr vermeintliches Elend in jenen heißersehnten Zustand verwandeln würde: Glück. Nur allzu oft war Brunetti gezwungen, sich mit den Folgen solcher Verbrechen zu befassen, und was er da sah, war häufig die Zerstörung allen Glücks. *Nobiltà* 10/114

Zeichen des Wohlstands

Brunetti dachte an die gelben Rosen und die Smaragde und daran, dass Anne-Sophie nie gearbeitet hatte. »Ist die Familie wohlhabend?«, fragte er.

Signorina Elettra wich einer direkten Antwort aus: »Bei einem der Gemälde, die ihr Vater angeblich ihrer Schwester überlassen hat, handelt es sich um einen Cézanne. Ein Manet soll auch darunter sein.«

Endlich mein 24/256

Zeitbomben

Wie seltsam, dachte Brunetti: Wir gehen bewusst über die Macken und Schwächen der Menschen hinweg, die wir lieben. Manchmal wecken diese Macken sogar eine besondere Art von Zärtlichkeit in uns, die absolut nichts mit einem Gefühl von Überlegenheit zu tun hat.

Doch diese Charakterschwächen ticken wie Zeitbomben vor sich hin. Bis es bei einer unvermuteten Gelegenheit zur Explosion kommt und wir erkennen müssen, wie gefährlich sie von Anfang an gewesen sind.

Ein Sohn ist uns gegeben 28/306

Zeitungskioske

Brunetti machte am Zeitungskiosk halt und blickte durch die Glasscheibe auf die ausgestellten Zeitschriften, während er unablässig mit den Schultern rollte, um sie zu lockern. Titten und Ärsche. Schon vor Monaten hatte Paola wieder einmal an ihn appelliert, er solle sich doch einen Tag lang die Zeit nehmen, die nackten Mädchen zu zählen, die ihm in Boulevardzeitungen, Illustrierten, auf den Werbeplakaten der Vaporetti und in allen möglichen Schaufenstern begegneten. Das, so Paola, könnte ihm helfen, die Einstellung mancher Frauen den Männern gegenüber zu verstehen.

Lasset die Kinder zu mir kommen 24/311

Zugereiste

Wie so viele Ausländer – und jeder, der nicht in Venedig zur Welt gekommen war, galt dort als Ausländer – hatte Contessa Morosini-Albani sich vorgenommen, venezianischer zu werden als die Venezianer. Ihr verstorbener Gatte war Mitglied des Club dei Nobili gewesen, wo er seine Zigarren rauchte, *Il Giornale* las und sich darüber beklagte, wie wenig Verdienste heutzutage noch gewürdigt würden. Sie wiederum trat Komitees zur Rettung oder dem Erhalt von allem Möglichen bei, verpasste keine Premiere im La Fenice und schickte regelmäßig erboste Leserbriefe an *Il Gazzettino*.

Tod zwischen den Zeilen 2/39

Zukunftsangst

»Wir haben uns jahrzehntelang zum Narren halten lassen und selbst zum Narren gehalten, wir mit unseren Hoffnungen auf eine bessere Gesellschaft, unserem idiotischen Glauben daran, dass dieses ekelhafte politische System und diese ekelhaften Politiker unser Land einmal in ein goldenes Paradies verwandeln könnten, regiert von Philosophenkönigen in endloser Folge.« Paolas Blick suchte den seinen und hielt ihn fest. »So, und daran glaube ich nicht mehr, an nichts davon. Ich habe keinen Glauben und keine Hoffnung mehr.«

Feine Freunde 3/36

Zukunftsglaube

In Padua, dem zweiten Halt, drängten sich etliche Dutzend Studenten aus dem Zug, ihre neuen Bücher unter dem Arm, als wären es Talismane, die ihnen zu einer sicheren, besseren Zukunft verhelfen könnten. Er erinnerte sich an dieses Gefühl, diesen alljährlich erneuerten Optimismus, aus seiner eigenen Studienzeit, als trügen die jungfräulichen Hefte das Versprechen eines besseren Jahres, eines freundlicheren Schicksals in sich.

Endstation Venedig 6/92

Die Brunetti-Romane

1. *Venezianisches Finale*
2. *Endstation Venedig*
3. *Venezianische Scharade*
4. *Vendetta*
5. *Acqua alta*
6. *Sanft entschlafen*
7. *Nobiltà*
8. *In Sachen Signora Brunetti*
9. *Feine Freunde*
10. *Das Gesetz der Lagune*
11. *Die dunkle Stunde der Serenissima*
12. *Verschwiegene Kanäle*
13. *Beweise, dass es böse ist*
14. *Blutige Steine*
15. *Wie durch ein dunkles Glas*
16. *Lasset die Kinder zu mir kommen*
17. *Das Mädchen seiner Träume*
18. *Schöner Schein*
19. *Auf Treu und Glauben*
20. *Reiches Erbe*
21. *Tierische Profite*
22. *Das goldene Ei*
23. *Tod zwischen den Zeilen*
24. *Endlich mein*
25. *Ewige Jugend*
26. *Stille Wasser*
27. *Heimliche Versuchung*
28. *Ein Sohn ist uns gegeben*
29. *Geheime Quellen*
30. *Flüchtiges Begehren*